I0748011

STUDIOS
T A L M A

Du même auteur (liste non exhaustive)

Aux éditions Les Belles Lettres :
– *Le Roman d'Arcanie* ;
– *Éliade ou l'idéale* ;
– *D'amour et de mots* (prix Tristan Tzara).

Aux éditions Fortuna :
– *La fille imaginée ou sonnets à Constance* ;
– *De mémoire amoureuse* (Grand Prix de poésie de la Forêt des livres).

Chez Lamiroy :
– *L'Amour après l'amour* ;
– *Pauvre Baudelaire*.

Chez Talma Studios :
– *Lettre en vers à l'occupant de l'Élysée, à la Représentation nationale et au peuple français*.

Francis Lalanne dirige deux collections aux éditions Les Belles Lettres (*Architecture du verbe* et *Slam Grafitis*), et une collection chez Lamiroy : *Femmes de l'Être*.
Le Grand Prix de la Société des poètes français lui est attribué en 2007 pour l'ensemble de son œuvre poétique.

ISBN : 978-1-913191-59-7
Photo de Francis Lalanne : Philippe Hanula

Talma Studios International Ltd.
Clifton House, Fitzwilliam St Lower
Dublin 2 – Ireland
www.talmastudios.com
info@talmastudios.com

Francis Lalanne

L'Assemblée des Loups

Recueil de fables

commencé le 21 juin 1984 avant l'aurore
et terminé le 19 mars 2025 à 8 h 08

Préambule

Depuis Ésope, fort peu de poètes se sont mesurés à l'art de la fable. La postérité n'aura retenu que La Fontaine et Jean-Pierre Claris de Florian, son fabuleux dauphin, dont la mort prématurée, comme celle d'André Chénier, prive la France du XVIIIe siècle de ses deux plus grands poètes, tous deux victimes de la barbarie révolutionnaire : André Chénier, le 25 juillet 1794, à peine trois jours avant son bourreau, et Florian, le 13 septembre de la même année, des suites d'une tuberculose contractée pendant son incarcération dans les geôles du même Robespierre. À sa mort, le rendez-vous des poètes français avec le genre est frappé d'un coup d'arrêt.

L'enfant que je fus s'en émut, au point de vouloir continuer la chaîne et reprendre le flambeau… Fasciné à l'école par ce que je définis aujourd'hui comme une prose rimée, un conte à dire en vers, je répondais « La Fontaine » à qui me demandait ce que je voudrais faire quand je serais grand. Dans ma naïveté de tout-petit, je pensais que « La Fontaine » était un métier comme docteur, ingénieur ou gendarme.

Par ce recueil, dont j'ai commencé la rédaction en 1984, je réalise le rêve qui m'anime depuis toujours : devenir fabuliste. Ainsi, je prends la suite de mes rares aînés, auxquels je tiens à ajouter l'un de mes mentors, André Roussin, dont les fables que j'eus l'honneur de lire en fin d'adolescence ne furent, hélas !, jamais publiées, du moins à ma connaissance.

Découvrant mes fables, Alda Greoli, à l'époque ministre belge de la Culture, me demanda de préparer un recueil destiné à enseigner la morale dans les écoles. Je choisis de rédiger des versions abrégées pour simplifier la lecture des enfants ; elles sont présentes dans cette édition en complément de leur version originale.

De tout temps, les fables furent inventées ou alors empruntées et traduites en vers. Certaines réécrites. Tout fabuliste digne de ce nom invente, emprunte, réécrit ou traduit en vers l'histoire d'un confrère ou d'un anonyme. C'est la règle et je l'ai suivie comme chacun, le rôle premier du fabuliste étant de fixer par écrit la tradition orale.

Des animaux aux traits humains, des humains agissant comme des animaux, des histoires que l'on raconte aux enfants pour qu'ils s'endorment meilleurs… Les fables explorent et mettent en lumière toute la cruauté du monde, mais donnent aussi l'espoir d'éveiller en l'âme le bien, le bon et le beau. En effet, la fable a pour mission essentielle de véhiculer la morale, donc d'améliorer la vie.

En cela, elle est un art d'utilité publique autant que de divertissement.

Dans une de mes pièces de théâtre intitulée *Richesse et Valeurs*, un fabuliste disputant avec un économiste et un financier se prend à disserter sur son art. Je voudrais vous le citer pour achever mon préambule :

C'est vrai, « La poésie est l'art de la synthèse »,
Écrivait Georges Sand, et plus je m'y essaie,
Plus la fable me le démontre avec succès
Par le ton de son vers, par l'attrait de son trait
Et l'allure de prose alors qui s'en extrait.

Car ce vers, qu'il soit fait ou non du même mètre,
Est un vers dont la rime n'est pas l'argument,
C'est un vers dont le rythme change à tout moment,
Comme fait la parole à qui veut s'y soumettre.

C'est le rythme changeant des mots qui vont et viennent,
Des mots de tous les jours dans la bouche des gens :
C'est le rythme qui fait que les gens se comprennent
Et que vient le propos au souffle s'engageant.

Le vers est dans la fable une prose rimée,
Dont l'idée nous parvient parce qu'elle est rythmée
Comme une langue orale, et pourtant animée
Comme une langue écrite… Pour qui le pratique,
Le vers dont la fable use est, par définition,
Celui qui, à mon sens, est le plus poétique
Au sens propre du mot, en sa pleine acception,
En ce sens qu'il propose un langage en action,
Un langage dont le propos est en pratique
Relié à l'action comme l'art dramatique.

La fable est ce théâtre où l'action est contée
Et n'a pour seul tréteau que le mot rapporté...

Comme par les trois coups, la main veut s'éprouver :
Elle cherche le mot, elle va le trouver,
Et, comme au XVIIe, on va d'Ésope à Plaute,
De la fable au théâtre, on va d'un mot à l'autre,
Trouver dans la parole déjà éprouvée,
Le langage qui fait le rideau se lever.

Voilà ce que la fable peut seule traduire
En moins de temps qu'il faut pour le dire ou l'induire,
Et voilà ce qui fait de ce genre, à mes yeux,
Le moyen de parler des choses de son mieux.

La fable est parmi les formes que j'ai choisies,
Celle qui mieux résume en soi la poésie :
Ce langage commun qui cesse alors de l'être
Pour être pris soudain au mot et à la lettre.

Parce que l'harmonie du rythme et de la rime
Rend plus clair ce que dit la langue qui l'imprime,
Parce que le pouvoir de la chose rimée
Combiné à celui de la phrase rythmée,
Est d'être retenu de façon mécanique
En créant dans l'esprit l'effet mnémotechnique,
Parce qu'elle est bien plus qu'un discours rapporté,
Mais plutôt une histoire qui est racontée,
Non la célébration de la pensée abstraite,
Mais celle du sujet que la poésie traite,
Parce que son récit de fait sera compris
Par le savant autant que le simple d'esprit,
En s'adressant aux grands autant qu'aux tout-petits,
La fable fait de l'être un enfant averti.

La fable est un roman, un conte, une nouvelle
Que l'on retient par cœur et dont on se rappelle.
Elle demeure ainsi la synthèse conforme
De tout ce que les arts de la plume ont produit.
Et c'est pourquoi elle est, par le fond et la forme,
Un art plus que jamais essentiel aujourd'hui.

En donnant à la glose le champ qui la crée,
La fable fait du vers l'instrument du concret.
Prolongeant par l'écrit la transmission orale,
Elle ajoute à l'histoire une valeur morale.
Ce qui demeure alors de la prose chantée
Est la mise en valeur d'une moralité.

Des vertus de la fable

Une fable s'adresse aux grands comme aux petits
Et sur ce point elle est un merveilleux outil
Pour transmettre des grands aux petits la vertu,
Ce à quoi la plupart des parents s'évertuent.

Cet âge est sans pitié, dira Victor Hugo
En parlant des enfants que le Mal indiffère :
Ceux qui, sans y penser, font le mal sans le faire
Et s'amusent de lui, en jouant les nigauds.

Voyez ce petit d'homme pouffant, s'esclaffant
À la vue de ce mal qu'il fait en s'échauffant,
De ce mal soi-disant qui n'est pas son affaire,
Et qui n'est pas le mal, puisqu'il est d'un enfant.

C'est bien au mal, pourtant, que Hugo se réfère
En montrant ces gamins qui, se croyant malins,
Jouent entre eux à ces jeux qui sont ceux des vilains
Et, devant quoi, parfois, les parents désespèrent.

Que faire de ce mal quand l'enfant s'en éprend,
Et qu'au piège du jeu avec l'autre il se prend ?
Lorsque de ce venin sourd alors la vipère ?

C'est à nous, les adultes, nous qu'ils nomment grands,
C'est à nous le tuteur, nous la mère, le père,
C'est à nous qu'il revient de fixer les repères
Qui feront d'eux un jour aussi de bons parents.

C'est à nous qu'il incombe de les préserver
Et de chercher, en tout, les mots qu'il faut trouver
Pour que le mal qu'ils font ne soit plus à refaire.

C'est à nous de trouver avec sagacité,
Avec lucidité, avec ludicité,
Les mots dont un enfant pourra se satisfaire,
Pour prendre la leçon, l'apprendre, l'accepter,
Et pour que cette envie enfin lui soit ôtée
D'être de ces enfants que le mal indiffère,
D'être de ces enfants que nous avons été...

C'est à nous qu'il revient d'être ce qu'il faut faire
Pour que cet âge, enfin, ne soit plus sans pitié.

C'est aux grands de trouver les mots qu'il faut trouver
Dans le cœur des enfants qu'ils ont à élever
Pour que leurs descendants suivent le bon sentier,
Pour que le Bien devienne enfin ce qu'ils préfèrent
Et crée les conditions entre eux de l'amitié.

C'est à qui fait l'enfant aussi de le parfaire,
Et de changer en mieux ainsi le monde entier,
Pour que le paradis où l'être humain s'enferre
Redevienne celui dont il est l'héritier.

Les trois bisons et la chauve-souris

Il était dans le Missouri
Trois bisons qui se disputaient
L'Amour d'une chauve-souris.
Et plus les bisons discutaient,
Plus ils se demandaient comment
Réduire en taille, évidemment.
Sans cela, c'est compréhensible,
Leur amour était impossible.

Le premier dit : « Je vais courir,
Faire fondre toute ma graisse »,
Mais il eut crainte d'en mourir,
Et fut vaincu par la paresse.

Le second dit : « Je vais jeûner,
Réduire comme sous la flamme »,
Mais il eut peur de rendre l'âme,
Et lors finit par déjeuner.

Mais le troisième est un fonceur :
Il croit en lui, il croit en tout,
Et il prie le Grand Manitou
Pour que la balle d'un chasseur
Le dégonfle en faisant un trou
Là où l'amour gonfle son cœur.

Ne pouvant vivre sans sa belle
Et préférant mourir pour elle,
Il cherche le meilleur tireur,

Et fonce avec fougue et fureur
Vers Buffalo Bill, qui jubile,
Ayant au bout du mousqueton
De quoi faire un joli carton.

(Buffalo Bill est très habile,
Il mérite bien son renom,
Et doit son célèbre surnom
Au nombre d'âmes de bisons
Qu'il a couchées sur le gazon.)

Les autres bisons lui crient : « Non !
Éloigne-toi de son canon ! »,
Mais le bison ne faiblit pas.
Galopant droit vers son trépas,
Il poursuit sa course, il s'emballe,
Et Buffalo Bill d'une balle
En plein cœur le touche et l'abat.

C'est là que le Grand Manitou,
Qui sait tout, peut tout, manie tout,
Veut, à ce cœur, donner raison,
Et il exhausse le bison.

Ainsi qu'un ballon perd de l'air,
Notre bison en un éclair,
S'envole et, dans le vent du soir,
Vide son cœur rempli d'espoir.

Voyant le bison qui maigrit,
La chauve-souris lui sourit.

Qu'il soit ou non un cœur sensible,
À cœur vaillant, rien d'impossible !

Rien n'est impossible à celui
Qui va au bout de sa folie.

L'âme de l'homme

– Deux loups s'affrontent dans le tréfonds, de notre âme,
Enseignait à son fils un sage amérindien :
L'un, bon, l'autre, mauvais ; l'un, gentil, l'autre, infâme,
L'un des deux fait le mal et l'autre fait le bien.
L'un des deux est peureux, avide, plein de haine,
L'autre, rempli d'amour et de chaleur humaine,
Chacun voulant ainsi régner sur notre esprit.
– Lequel est le vainqueur ?, s'écrie l'enfant surpris…
– Eh bien, répond le sage, après avoir souri :
Le vainqueur des deux loups ? C'est celui qu'on nourrit.

Les reinettes et le pot au lait

Ceux qui vivent,
ce sont ceux qui luttent.
Victor Hugo

Écoutez, les enfants, l'histoire que mon père
Aimait me raconter à l'heure du dodo !

Deux reinettes cherchant à gagner leur repaire,
Et croyant, assoiffées, tomber sur un seau d'eau,
Chutèrent dans du lait que l'on venait de traire,
Et qu'on avait versé après dans un grand pot.

Nul ne les avait vues tenter de s'en extraire,
Et du couvercle, alors, on ferma le capot.

Les voilà dans le noir et le lait, dos à dos,
Sans même avoir de quoi se construire un radeau,
Quand une main soulève le pot, et déchaîne
À l'intérieur, un lot de réactions en chaines...

Et voilà nos reinettes perdues dans les flots.
Emportées par la houle et tout ce qu'elle entraîne
De vagues et de creux, d'embruns et de halos,
Les voilà par le fond nos deux petites reines !

L'une des deux avait un très fort caractère,
Et coassait à l'autre : « Il faut nager ! Nager ! »,
Mais l'autre ne pouvait ni parler ni se taire,
Et vomissait, buvait la tasse sans bouger.

La première résiste, et l'autre laisse faire,
La première se bat. La seconde subit.
La première fait front ; et lorsque la fermière
Ouvrit le pot au lait, voici ce qu'elle y vit :

La seconde était morte, et la première, en vie.
La seconde noyée, tandis que la première
Attendait sur du beurre que main lui ouvrit !

Car la première avait, en nageant comme quatre,
Et en battant le lait dans le pot, comme plâtre,
Changé sa crème en beurre, et ainsi survécu.
L'autre avait succombé en s'avouant vaincue.

Rien n'arrive de bon à qui se désespère ;
À qui flanche et renonce au milieu du combat.

Écoutez, les enfants, ce que disait mon père :
« L'avenir appartient à celui qui se bat. »

L'incendie et le colibri

Pour aussi loin qu'il m'en souvienne,
Cette légende amérindienne
Est connue sous bien des versions.
J'ai pris moi-même en affection
Celle que je tiens de mon père,
Et qu'il me racontait souvent
Quand j'étais un petit enfant.
C'est elle que je récupère
Ici, et, qu'à cela ne tienne,
Dont je veux faire aussi la mienne.

C'est l'incendie dans la forêt.
Les animaux prennent la fuite.
Et l'on voit s'enfuir, effarés,
Les grands, les petits à leur suite...
Seul un tout petit colibri
Remonte le courant sauvage
Des animaux qui, sans-abris,
Gagnent les zones d'élevage...
– Que fais-tu, petit colibri ?!,
Lui crient les fuyards qui le croisent
Entre les branches et les bris
D'écorces que le feu déboise.
– Je porte l'eau, qu'avec mon bec
Je vais puiser dans la rivière
Pour la verser sur le bois sec
Où le feu répand sa colère !

– Tu es fou, petit colibri !,
Lui crient tous ceux qui fuient le drame,
Que peut ton petit gabarit
Contre une forêt qui s'enflamme ?!
– Je ne sais pas ce que je peux,
Mais je sais que je fais ma part !
Et si, tous, nous allions au feu,
Le feu, lui, n'irait plus nulle part...

Chacun, alors, dans les débris
De cette forêt qui s'embrase,
Faisant comme le colibri,
De l'incendie, fait table rase...
Qu'importe si ce n'est qu'un peu
Lorsque chacun fait ce qu'il peut,
Car l'union de tous fait la force.
Et si chaque être humain s'efforce
À faire sa part de l'effort,
Ensemble, alors, on est plus fort.

Épilogue

Ainsi s'achève le récit
Que mon père me lègue ici,
Mais ce n'est pas ce qu'à tout va,
D'aucun diront qu'il arriva.

On prétendra que pour autant,
Les fuyards se carapatant,
Le colibri seul dans les flammes
Aurait fini par rendre l'âme...

Le sacrifice de sa vie,
N'aurait à ce titre servit
Ni aux autres, ni à lui-même.
Et c'est bien là qu'est le problème,
Et c'est bien là qu'est la question
Soulevée par l'autre version :
Puisqu'elle soutient et nous dit
Que nul jamais n'aurait suivi
Cet oiseau qui risque sa vie
Pour lutter contre l'incendie,
Aurions-nous fait, sachant cela,
Ce que le colibri fit là ?

Sommes-nous de ceux qui s'enfuirent,
Ou de ceux-là qui le suivirent ?
De ce que l'Indien nous décrit
Ou de ce que j'ai retranscrit
Du récit revu par mon père ?

Sa version à mes yeux tempère
L'idée qu'on se fait des humains :
On les voit se donnant la main,
Se montrant soudain solidaires ;
On les voit là qui se fédèrent,
On les voit aider leur prochain...

Tandis que dans le conte indien,
Les animaux, je le répète,
Prennent la poudre d'escampette,
Et laisseront mourir pour rien
Celui qui se bat pour leur bien...

C'est pour cela que je préfère
L'histoire contée par mon père,
Car sa fable à lui me fait voir
Le monde avec un peu d'espoir.

Pour avoir été tant de fois
Ce colibri digne de foi
Que, pour son exemple, on acclame
Et qui périt seul dans les flammes,
Je ne veux pas en imputer
La faute à l'Autre en vérité,
Mais à moi-même. En y venant,
Je m'en rends compte maintenant.

Car dans la version de mon père,
Si tout les fuyards obtempèrent,
C'est moins pour l'exemple donné,
Que par ce qui a résonné
Dans leur esprit en écoutant
Les mots de l'oiseau combattant.

C'est pour avoir su les convaincre
Que le colibri a pu vaincre
La peur de tous les animaux,
C'est pour avoir trouvé les mots...

Ces mots, j'écris pour les trouver,
Bien que ce soit une gageure,
Et je donne tout, je le jure
Je fais tout pour y arriver.

Parviendrai-je un jour à graver
Ces mots dans la littérature ?
À les trouver dans l'écriture ?
Je veux y croire et en rêver...

Sans les mots, il n'est pas possible
De toucher le cœur de la cible
Quand il s'agit de susciter
L'élan de solidarité.

Faire sa part ne sert à rien
Si l'on n'obtient pas le soutien
De ceux que l'on veut alerter,
Fusse d'une minorité…

C'est en vain, pour ses bons offices,
Qu'on loue l'esprit de sacrifice.

Le colibri meurt solitaire,
Car seul, on est rien sur la Terre ;
Et pour bien montrer le chemin,
Le mot doit précéder la main.

Mais le colibri de mon père,
Dans la version que j'ai choisie,
Devient pour chacun le repère
Qui fait que l'on se ressaisit.

Ami lecteur, Amie lectrice,
Pour être la force motrice
Qui fait de l'autre un partisan,
L'exemple n'est pas suffisant.

Au geste, il faut joindre le mot,
Le mot juste auquel on adhère,
Le mot qui rend les animaux
De ma fable enfin solidaires.

Il faut faire ce que l'on dit,
Certes, mais quand vient l'incendie,
Ce n'est qu'en ayant l'adhésion
Que l'on obtient la cohésion.

L'exemple et les bons sentiments
N'ont de poids que s'ils sont vraiment
Portés par les bons arguments.

Et toi, Vertu, meurs si je mens.

Le petit homme vert et le petit enfant

Un petit homme vert échoué
Sur la terre, courait
Dans la forêt.
Le regard embué,
Il cherchait, démuni,
La pièce qui pourrait
Réparer son ovni.

Perdu dans le grand vert, au sortir des broussailles,
Il tombe, à découvert, à hauteur de sa taille,
Sur un petit bonhomme à peu près comme lui,
Si ce n'est que sa bouche n'était pas pareille,
Qu'il avait des cheveux, qu'il avait des oreilles,
Que ses deux yeux étaient différents de celui
Qu'il portait sur le front. Et, pour corser la chose,
Que sa peau n'était pas verte, qu'elle était rose !

Mais, au fond, tout cela n'est pas très important,
Chacun des petits d'hommes avait l'air si content
De croiser sur la route l'ami rose ou vert,
Qu'ils s'accueillent l'un l'autre avec les bras ouverts,
Et vivent cet instant comme une apothéose.
Puis, dans la langue verte et dans la langue rose,
Ils essaient de parler, la casquette à l'envers…

« Qui es-tu ? » dit en rose le petit bonhomme,
Mais l'autre ne peut pas dire comme il se nomme,
Puisqu'il ne comprend pas le langage d'ici.
C'est alors par le jeu que les deux vont s'apprendre

Comment on dit cela, comment on fait ceci,
Et se débrouilleront pour se faire comprendre.

Sans peur et sans y voir la moindre des nuisances,
Sans redouter la verte ou la rose présence,
Chacun fera savoir à l'ami inconnu,
Qu'il est le bien aimé, qu'il est le bienvenu,
Chacun montrant pour l'autre estime et déférence,
Jouant et s'engouant de tant de différences,
Les enfants s'apprenant ce que l'autre ignorait,
Firent un monde à eux de toute la forêt.

Qu'on se le dise enfin, et dans le monde entier :
La couleur n'est pas un obstacle à l'amitié,
Pas plus que ne le sont toutes les différences,

Que l'on soit rose ou vert, qu'on soit grand ou petit,
Ce qui compte avant tout, c'est que l'on soit gentil.

Les deux moitiés du médaillon

Il était une fois,
Je veux dire autrefois,
Un garçon qui portait, caché sous son haillon,
Une moitié de médaillon.

À l'autre bout du temps,
Je veux dire il y a longtemps,
Une fille de Roy sur son cœur, où qu'elle aille,
Portait l'autre moitié de la même médaille.

L'un et l'autre ignoraient
L'existence des deux morceaux...
Mais quand le soir s'ouvrait
Sur le cœur des deux jouvenceaux,
Chacun miroitant sa chacune,
Rêvait de l'âme sœur qui de deux n'en fait qu'une...

Un beau soir, près d'une lagune
Où se mirait la pleine lune,
Ils étaient assis tous les deux,
Quand un nuage, au-dessus d'eux,
Coupa la Lune en deux parties.
Et leurs âmes, comme averties
Par ce soudain signe des cieux,
Se cherchèrent d'abord des yeux,
Puis à leurs médailles allèrent,
Leurs deux moitiés se collèrent,
Leurs deux êtres s'enlacèrent,

Pris comme dans un aimant
Pour s'épouser en s'aimant.
Autour d'eux mais, tout doux, l'étau doux se resserre,
Pour former un amour éternel et sincère.

L'Amour est ainsi fait : comme l'amitié,
Du médaillon nous n'avons qu'une moitié.

La rose et le chevreuil

Cette fable a lieu dans la commune de Blesle
Où la rose fleurit aussi rare que belle.
Chacune toisant l'autre, pousse avec dédain,
Et toutes se croient la plus belle du jardin.

Chaque jour l'une d'elles voyait un chevreuil,
Sa corolle s'ouvrant, s'approcher de son œil.
Et, chaque jour, pour elle, il faisait quelque chose,
La prenant sous son aile, ou son aine plutôt :
Lorsque la pluie tombait, soudain, en trop forte eau,
C'était notre chevreuil qui coiffait ses pétales.
Et lorsque le soleil dardait comme un couteau,
C'est l'ombre du chevreuil qui se faisait étale,
Et protégeait la fleur. Mais, vous vous en doutez,
Il y avait sous rose, anguille en vérité,
Car le cœur du chevreuil était un cœur de pierre.
Et lorsque vint le jour où la rose trémière
Fut toute épanouie, le chevreuil d'un seul coup
S'approcha de la fleur, et lui trancha le cou.
Alors, me direz-vous, que penser de cela ?
Eh bien, je vous l'avoue, la fable que voilà
Me laisse l'âme amère et quelque peu morose,
Car le chevreuil était l'ami de cette rose,
Mais pas pour les raisons que la rose croyait :
Le chevreuil n'était pas celui qu'elle voyait.

La morale qu'ici je voudrais vous laisser,
Est celle que de rose à Blesle, on nous rapporte :
Ne prenons pas toujours l'intérêt qu'on nous porte
Pour un sentiment pur et désintéressé.

Le gueux, le marchand et le prévôt du Roy

À Luc Vandenheede

Dans un petit village, un pauvre s'en venait
Plonger dans la fumée le pain qu'on lui donnait
Pour l'imprégner du goût des viandes qui rôtissent.
Et bien que s'en répande partout le fumet,
Le rôtisseur prétend qu'on vole sa fumée
Et veut que pour cela on lui rende justice !
C'était au Moyen Âge, et le prévôt du Roy,
Celui qui devait dire et juger du bon droit.

Le marchand veut alors saisir au pauvre hère
L'aumône que d'aucuns lui auraient allouée,
Que la somme lui soit versée en numéraire,
Au titre de dommage avec les intérêts,
Sans parler des dépens et autres honoraires
À régler pour l'ensemble des frais du procès.
Enfin, sans vouloir prendre en compte sa misère,
Le marchand veut qu'on mette le gueux aux arrêts.

Le prévôt s'exaspère et, d'un ton agacé,
Répond : « Comment, marchand, tu veux qu'on te rem-
                                        bourse
Un parfum qui s'exhale ? Eh bien, soit ! Pour paiement,
Reçois le son que font les pièces dans ma bourse,
Quand je passe devant ton échoppe à cheval. »

Le prévôt fait tinter sa bourse ouvertement,
Puis, ayant procédé à ce remboursement,

Il use devant tous de son droit médiéval
Et clame haut et fort alors son jugement :

« Braves gens ! Puisqu'ici la Justice réclame
Un verdict, voici donc celui que je proclame :
Qu'il soit dit que celui qui se voudra vendeur
Des odeurs qu'il répand, devra, pour ces odeurs,
De la même manière, à son tour, accepter
Que le bruit de l'argent suffise à l'acheter. »

N'écoutons pas toujours ce que les marchands disent :
On ne peut pas tout voir comme une marchandise.

Introduction
au *Rat ingrat* et à
La colombe et le fourmisseau

Faire ou ne pas faire, pour l'un comme pour l'autre,
Procède d'un calcul, d'un penchant, d'un désir.
Faire le Bien, le Mal, à chacun son loisir !
Mais celui qui calcule est le mauvais apôtre.

Car on peut se tromper au moment de choisir.
L'être qui fait le Bien pour le Bien, là-dessus,
En agissant pour rien ne sera pas déçu :
Il reçoit en retour le pourquoi de la chose.
Et peu importe alors que triomphe la cause,
Puisque c'est l'intention qui compte et seulement ;
Ce qu'on obtient pour l'autre vient en supplément.

Ce qu'on obtient d'autrui ne se prend ni s'impose,
Ni se doit, mais sera donné spontanément,
Non pas comme un rendu, un dû, mais simplement
Comme un cadeau du Ciel ou de la providence,
Dont l'être aidé sera dès lors le truchement,
Et la grâce une forme de coïncidence.

Les deux textes suivants, à mon sens, en attestent
En montrant à celui qui donne ou qui reçoit
Que la reconnaissance ne va pas de soi.
À chacun de trouver sa raison dans le texte...

La Fontaine nous peint un vaillant fourmisseau
Secourant la colombe qui l'avait sauvé,

Et nous dépeint un rat qui réveille en sursaut
Le lion que, pour la peine, il doit désentraver.

Le rat et la fourmi feront bonne figure.
Mais ce n'est pas ainsi que je me les figure.

La fourmi et le rat, dont je reprends l'étude,
En poussant le bouchon au-delà de l'étang,
Changeront, sous ma plume, d'âme et d'attitude,
Nous montrant les limites de l'ingratitude,
Et de la gratitude qu'ils vont contestant :
Le rat en refusant de voir l'ordre moral
Dans l'allégeance aux lois de la toute-puissance ;
La fourmi en plaçant l'intérêt général
Au-dessus du principe de reconnaissance.

La limite, voilà ce dont il est question ;
L'exception qui confirme la règle première ;
Qui trace en son milieu le sillon de lumière
D'où jaillira le blé de la compréhension.

La limite, bien sûr, est ce qui nous calibre,
Ce qui met la pensée toujours au point central,
Dans ce juste milieu, dans cet état neutral
Où le trop, le trop-peu, trouveront l'équilibre.

J'entends que rien de ce qui nous semble établi
Ne l'est quand on y pense ou bien quand on l'oublie.

En préambule

Ésope, un auteur grec, écrivit en son temps
Des contes, dont plus tard, s'inspira, on le sait,
Un écrivain français du nom de La Fontaine.
Ce dernier traduisit le grec en ajoutant
Son talent, sa vision et aussi ses pensées
À ce qu'imagina le poète d'Athènes,
Et dont il fit les fables qu'il nous léguera ;
L'une avait comme titre *Le lion et le rat*.

Cette fable raconte qu'au fond des forêts,
Le Roi des animaux fut piégé dans des rets
Dont *ses rugissements ne le purent défaire*
(Je cite La Fontaine, ici, qui se réfère
Strictement au récit qu'Ésope a inventé.)

Comme Ésope, il nous dit qu'au sortir d'un fourré,
Survient alors un rat qui, hier,[1] s'était fourré
Dans les pattes du lion, le sortant de son somme,
Cela, sans que le lion, pour autant ne l'assomme.
Au contraire, le lion le laissera filer,
Et le rat, qui fera preuve d'obéissance,
Volera au secours de la Toute-Puissance,
En rongeant pour le lion les mailles du filet.

Le rat dont parle Ésope, soit dit en passant,
Sera, comme il l'écrit, un rat *reconnaissant*.

---

1. Faire la synérèse et compter « qu'hier » comme une seule syllabe.

Mais la reconnaissance n'est pas pour autant
Ce que voit La Fontaine de plus important
Dans la fable qu'Ésope avant lui nous écrit
(Fable où le rat d'ailleurs était une souris...)
Si La Fontaine trouve ce rat méritant,
C'est surtout pour le cœur qu'il va mettre à l'ouvrage :
La patience qu'il prend et la *longueur de temps*
Qui, *font plus*, nous dit-on, *que force ni que rage...*

D'ailleurs, fait-il vraiment preuve de gratitude
Le faible qui se porte au secours du puissant ?
Le rat, que l'auteur grec propose à notre étude,
Est-il soumis au lion ou bien, reconnaissant ?

C'est là chose à débattre, mais l'on voit ici
Le pouvoir que, moins fort, on peut avoir aussi,
Lorsque l'on sait changer en force ses faiblesses,
Comme le fait le rat en sauvant son Altesse...

Comme le montre cette fable en l'illustrant :
La force du petit est de n'être pas grand !

Et c'est par cette fable, du moins je le crois,
Ce que veut La Fontaine ici dire à son Roi.

Louis XIV qui, jeune, avait connu la Fronde,
Redoutant qu'à nouveau la révolte ne gronde,
Pourchassait tous ceux qui pourraient la provoquer.
L'un d'entre eux, mécène et ami de La Fontaine,
N'était autre que le surintendant Fouquet.
Le Roi, qui n'a pour lui que méfiance et que haine,
En jalousant ses biens le fait incarcérer.

La Fontaine, longtemps, s'étant fait remarquer
En tant qu'ami et donc protégé de Fouquet,
Fut mis en quarantaine un temps, et dénigré,
Puis, admis à nouveau à la cour par le Roi
Qui préféra s'en faire un allié qu'une proie.

Voilà donc, à mon sens, ce qui incitera
La Fontaine à traduire *Le lion et le rat* :
L'envie de dire à qui veut imposer sa loi
Qu'il vaut mieux, quand on peut *obliger tout le monde*,
Que la force n'est pas toujours de bon aloi,
Car, et sur le sujet, *tant de preuves abondent*,[2]
Dit-il en conclusion : si puissant que l'on soit,
On a souvent besoin d'un plus petit que soi...

Qu'il agisse par vice ou générosité,
Par calcul, par malice ou magnanimité,
Le puissant gagne plus, s'il sait se faire aimer,
Qu'à maltraiter le faible ou le sous-estimer.

Mais je veux en venir au sujet qui m'amène
Et me pousse, à mon tour, en maillon de la chaîne,
À suivre ici la voie de mes glorieux aïeux
Ésope et La Fontaine, aujourd'hui dans les cieux.

J'avoue que le bienfait qui rendrait le rongeur
Redevable au roi lion, me laisse un peu songeur...

Certes, sans le vouloir, le rat trouble son somme,
Et le lion lui fait grâce du droit qu'il aurait
De disposer de toute vie dans la forêt,

---

2. Vers de J. de La Fontaine : « Tant la chose en preuves abonde. »

Mais quoi de plus normal et naturel en somme ?
Quoi de plus juste au fond, et noble en vérité ?

Un despote éclairé peut-il se prévaloir
De ne pas abuser un jour de son pouvoir ?

Le crime dont le rat ne fut pas inquiété
N'étant que celui dit de « lèse-majesté »,
Je trouve, pour ma part, le rat très magnanime
De mettre un point d'honneur à réparer le « crime ».

Est-ce un crime d'avoir malencontreusement
Réveillé le roi lion qui régnait en dormant ?
Je ne crois pas. Aussi, penché sur l'écritoire,
J'imprime un sens nouveau à cette vieille histoire,
Et c'est pourquoi ma fable s'intitulera
Le rat ingrat plutôt que *Le lion et le rat*.

Le rat ingrat

Le roi des animaux, pris au piège, s'enrage :
Il ne peut démêler la trame de l'ouvrage
Où il s'est enferré au cœur de la forêt.
Suspendu à un arbre, il se met à hurler
Pour qu'on l'aide à sortir des mailles du filet,
Où il est condamné à une mort certaine,
Quand passe près du lion, pris dans ces entrelacs,
Un rat qui, par deux fois, l'avait sorti de là :
Tout d'abord sous Ésope, puis sous La Fontaine.

Nonobstant, les chasseurs qui l'avaient capturé,
Le laissent pendre à l'arbre où il s'est enserré.
Eux qui furent deux fois privés de leur victoire
Par la griffe et la dent du rat de cette histoire,
Disposeront des pièges à rat sous les rets
Jusqu'à ce que le lion soit mort et enterré.

On ne veut pas non plus abîmer sa fourrure
Par des traces de coups et autres déchirures,
Et le temps d'établir non loin un campement,
On attendra qu'il meure ainsi d'épuisement.

Le lion qui se débat aggrave ses ennuis,
Il voit sombrer sa chance et le jour dans la nuit...
Quand le rat qui, la veille, au lever du soleil,
L'avait, sans prendre garde, sorti du sommeil,
Une nouvelle fois, revient dans les parages
Au nez et à la barbe de tout l'entourage.
En le laissant partir, au matin, sans sévir,

Le lion pensait, sans doute : « Il pourra me servir »,
Mais sire rat pourtant, repassant par ici,
Ne veut plus, cette fois, se mêler de ceci.

Il ne veut plus se rendre au pouvoir du puissant
Qui, l'ayant épargné, le veut reconnaissant.
Il dit s'être trompé, jadis, de bonne foi.
Et refuse de faire ainsi qu'il fit deux fois !

– Jamais deux fois sans trois !, hurle pourtant le roi.
– Jamais deux fois sans quoi ?, lui rétorque le rat...

– Pas plus tard qu'hier[3] encore, au sortir de ma sieste,
Indique alors le roi, j'ai fait pour toi un geste.
– Un geste ?, lui répond le rat interloqué.
– Un geste, dit le lion, je ne t'ai pas croqué !
Hier matin, aux aurores, tu m'as dérangé,
Que je sache, pourtant, je ne t'ai pas mangé !
À présent, c'est à toi de faire un geste aussi
En faisant ce qu'il faut pour me sortir d'ici.
À toi de te montrer un *rat reconnaissant*.

– Pourquoi ?, dit le rongeur, soudain se redressant,
Parce que je suis faible et que tu es puissant ?
– Mais de quoi parles-tu ?, dit le fauve royal.
Si j'ai choisi de ne pas te faire du mal,
Alors que j'ai le droit, le pouvoir de t'en faire,
Tu es mon débiteur, tu dois me satisfaire.
Que l'on soit suzerain ou alors le vassal,
Ce que nous sommes ne change rien au final :
Ce qui compte c'est que le bienfait soit rendu.

---

3. Faire la synérèse et compter « qu'hier » comme une seule syllabe.

– Je ne suis pas d'accord !, dit le rat, qui s'emballe,
Et ton « bienfait », pour moi, n'est pas chose entendue.
Pourquoi devrais-je donc te renvoyer la balle ?
Parce que tu pouvais, mais ne m'as pas mordu,
Exercer sur moi ton droit de vie ou de mordre ?
– Oui, dit le lion, ou bien parce que c'est un ordre,
Et que tu dois agir ainsi que je le veux.
– Ce n'est plus, dit le rat, un motif à mes yeux,
Ce n'est plus, selon moi, une raison valable.
– Quoi ? Ingrat que tu es ! Tu dis non à ton Roi ?
– Je dis non à l'idée que je suis redevable,
Je pense que personne ne doit à autrui
Ce qu'autrui seul décide de faire pour lui,
Et m'avoir épargné ne te donne aucun droit
Sur le rat que je suis, ni sur qui que ce soit :
Il n'y a que pour toi que ce droit va de soi.

Ce droit, que tu prétends avoir, de condamner
Ou bien de pardonner, toi seul te le confères :
C'est le droit du plus fort que seul tu t'es donné,
Et je fais de ce droit le mien dans cette affaire,
Car à te voir ainsi dans ces rets m'implorer,
Je crois bien que c'est moi le roi de la forêt...
Je dis, au nom du droit qu'ainsi je me transfère,
Que tout ce que je peux, aussi, tu peux le faire.
Tout ce que peut un rat, le lion le peut aussi,
Et ta griffe et ta dent sont bien plus effilées
Que celles qui, deux fois, t'ont sorti du filet.
Je dis qu'il est grand temps que l'on te parle ainsi,
Et que, pour une fois dans cette histoire-ci,
Ce soit toi, et toi seul, qui te tires d'affaire.
En tout cas, ne compte plus sur moi pour le faire.

Puis, ayant achevé de lui donner leçon,
Sire rat disparaît au milieu des buissons...

Impuissant face au rat qu'il regarde interdit,
De rage, alors le cœur du roi lion rebondit,
Car il n'a plus le choix : il est bien obligé,
Comme fit le rongeur, à son tour de ronger.
Au lieu de se débattre comme un enragé,
Il va, avec patience, alors, se dégager.

Pour la troisième fois, le lion s'en tirera,
Et cette fois tout seul, mais toujours grâce au rat,
Qui apprend au roi lion à régler ses problèmes,
Et qu'on n'est jamais mieux servi que par soi-même.

Le rat ingrat, épilogue
La règle des trois B

Ce qui peut nous paraître l'ingrate attitude
Est parfois l'expression de la sollicitude.
Il suffit pour cela, de vouloir apporter
À l'autre, mieux ou plus que le bien escompté.

Le bien que l'on attend, lorsque vient notre tour,
N'est pas toujours celui qui est bon en retour.
Le bien n'est pas toujours celui que l'on réclame,
Et le beau naît du bien lorsqu'il est bon pour l'âme.

Cette moralité ne pouvait mieux tomber
Pour illustrer, ici, la règle des trois B :

Le Bien, le Bon, le Beau, pour peu qu'ils puissent l'être,
Commencent par un B. En plaçant cette lettre
Aux trois coins d'un triangle, avec elle je mets
Le Bien, le Bon, le Beau à l'un des trois sommets.
Puis, au cœur du triangle, je pose, en facteur,
Le mot qui, des trois B, me semble le moteur :
Ce mot est le mot « Vrai », celui-là, nous dit-on,
Qui figurait dans le triangle de Platon
À la place qu'ici je donne à la Beauté.
Le Vrai y est toujours, je ne l'ai pas ôté.

Mais plutôt que d'en faire l'un des trois sommets,
Je veux le mettre au centre de la construction
Qui met le Bien, le Bon, le Beau en connexion.

Telle est la règle, amis, qu'ici je vous soumets :
Elle dit que le bien n'est vrai que s'il est bon,
De même que le bon n'est beau que s'il est vrai.

Chaque fois qu'un enfant me pose la question,
C'est ce que je lui dis, ce que je lui réponds.
Et c'est la règle, ici, que je veux délivrer :
Le bien n'est bon pour l'âme et belle la bonté,
Que s'ils sont au service de là vérité.

La vérité, voilà ce qu'il faut dire en somme,
Voilà ce qui est Bien, Beau et Bon pour les Hommes.
La Vérité, la vraie, dont chacun prend le pas
Lorsqu'il pourrait mentir et qu'il ne le fait pas.
Celle en quoi il faut croire, et vers quoi il faut tendre,
Celle à quoi chaque humain est en droit de prétendre :
La Vérité, la vraie, celle qu'on reconnaît.
Pas celle qui dépend du regard de chaque être,
Mais celle qu'on peut prendre au mot, suivre à la lettre,
Et que chacun pourra aisément reconnaître,
Parce qu'elle n'est rien, au fond, quand on y songe,
Que l'absence, ou bien le contraire, du mensonge.

Être et dire aussi bien ce qu'on sent, ce qu'on sait,
Dire, du fond du cœur, le fond de sa pensée,
Et faire ce qu'on pense ou croit bon pour autrui,
Sans attendre, en retour, quelque chose de lui.
Être en accord, toujours, avec ce que l'on est,
Faire ce que l'on dit, dire ce que l'on fait
Et, quitte à se tromper de route aussi parfois,
Rester sur son chemin, toujours de bonne foi.
Telle est la vérité, puisqu'ainsi on la nomme :

Le Beau qui naît du Bien lorsqu'il est bon pour l'Homme.
Et tel est le secret qu'ici je vous confie
Pour faire du meilleur, en tout, votre profit.

C'est donc au nom du vrai que l'envie me traverse
D'exercer, comme suit, mon droit de controverse.

Contestant la vision qu'Ésope et La Fontaine
Développent dans *La colombe et la fourmi*,
Je soutiens que la gratitude est incertaine :
Faire le bien n'est pas se faire des amis.

Comme le montrera le cours de mon histoire,
La réciprocité est chose aléatoire.
Et voici donc, frappée de mon sceau, chers Amis,
L'autre version de *La colombe et la fourmi*.

La colombe et le fourmisseau

La Fontaine nous conte qu'au bord d'un ruisseau
Où tombe un fourmisseau buvait une colombe.
La colombe, aussitôt, voyant le fourmisseau
Se débattre déjà les six pieds dans la tombe,
Use de charité, et lui jette, à la hâte,
Un brin d'herbe qui sert de pont à ses six pattes.
Dès lors, le fourmisseau regagne l'autre rive
Où, nous dit La Fontaine, je cite : il *arrive.*

Mais la colombe a beau avoir sauvé la vie
De la fourmi, l'insecte est d'un tout autre avis.
Il estime qu'en venant boire, les oiseaux
Provoquent des remous nuisant aux fourmisseaux.
C'est, selon la fourmi, la cause de sa chute
Et donc, à la colombe, ici, qu'elle l'impute.

Que l'oiseau de Vénus ait bon cœur, l'indiffère :
Ce qui compte, c'est d'empêcher qu'il prolifère.
La fourmi veut agir, et profite, en passant,
D'un croquant aux pieds nus, non loin se délassant...

« Il faut le réveiller, sous son arbre endormi,
Il faut le réveiller ! » pense alors la fourmi.

Ce croquant, par hasard, avait une arbalète,
(Je cite La Fontaine) et la fourmi s'entête
À piquer le croquant jusqu'à le réveiller.
La colombe, effrayée de l'entendre crier,

S'envole sous le nez du croquant qui l'*apprête (s'apprête)*
Et, décochant sa flèche, *déjà lui fait fête.*

L'oiseau blanc, transpercé, tombe mort dans cette eau
D'où, vivant, il avait sorti le fourmisseau.

J'emprunte à La Fontaine, ici, sa parabole,
En détournant le sens qu'il voulut lui donner,
Pour montrer, et l'on voudra bien me pardonner,
Qu'il est vain d'espérer obole à notre obole.

Je dis que l'on a tort, bien souvent, de penser
Que nos bonnes actions seront récompensées,

Qu'une loi du Talion nous rende à l'occasion
Le bien, comme le mal, n'est que pure illusion.

Quand nous faisons le bien, ce n'est donc pas l'idée
Qu'il nous sera rendu qui devrait nous guider,
Mais, quel que soit le mal qu'on ait pu faire ailleurs,
C'est l'envie d'être bon, l'envie d'être meilleur.

N'attendons rien, jamais, du bien fait à autrui.
Il n'est d'acte d'amour que si l'acte est gratuit.

La vieille femme et les deux filandières

Choisir le moindre mal, le plus souvent revient
À s'exposer ensuite à ce qu'un mal devient.
Et ce qu'un mal devient, pour peu qu'un mal empire,
N'est autre que ce que l'on dénomme le pire.
C'est ce que je déduis de la fable qu'invente
Ésope, intitulée *La femme et ses servantes*,
Celle que La Fontaine à son heure traduit
Pour le Dauphin en l'an seize cent soixante-huit.[4]

Comme fit maître Jean dans son livre cinquième,
À mon tour, je décide d'en faire un poème.

Deux servantes, deux sœurs, deux pauvres filandières,
Que logeait celle-là pour qui elles filaient,
Échangeaient le couvert, le lit, et la chaudière
Contre leur savoir-faire, en œuvrant, s'il vous plaît,
Mieux, nous dit La Fontaine, et du soir au matin,
Que les Parques ne font en filant le Destin...

La matrone acariâtre aux allures rétives
Et que Maître Jean, de façon péjorative,
Nommera « La Vieille » en écrivant sa version,
Exploitait les deux sœurs sans nulle compassion,
Et dès le chant du coq montant sur ses ergots,
Allumait une lampe et courait tout de go
Réveiller les deux filles sans ménagement
Pour les mettre à la tâche avec acharnement.

---

4. *La vieille et les deux servantes*.

Le coq dont il est fait écho dans cette histoire,
Le coq fut à la source de tous leurs déboires,
Car il lâchait sur elles la vieille folache
En donnant le signal d'un travail sans relâche ;
Et nos servantes qui en avaient plus qu'assez
Regardaient d'un œil torve le gallinacé.

Il fallait retarder le réveil de la Vieille
À l'heure où le Soleil lui-même se réveille,
Il fallait mettre un terme au chaos matinal
Et le coq hors d'état de donner le signal,
Il fallait l'empêcher ou, pour être plus clair,
Que ne coquelina plus jamais Chantecler...

Aussi travaillant tard et, si fait se couchant,
Réveillées tôt le jour par le coq et son chant,
Les servantes dormant bien trop peu, bien trop mal,
Pour pouvoir fermer l'œil, tuèrent l'animal.

Les deux sœurs voyaient là manière avantageuse
D'obtenir un sursis de leur vieille logeuse :
Le coq éliminé, on pourrait, à l'instar
de la Vieille, c'est sûr, se réveiller plus tard...

Elles songeaient alors, se trompant ô combien
Que le mal ainsi fait, le serait pour leur bien...
Disons-le, les deux sœurs, par manque de recul,
Firent là, du vilain, le plus mauvais calcul,
Car la suite en dit long sur le choix qui, par là,
Peut nous faire tomber de Charybde en Scylla,
Sans chant du coq, la Vieille ainsi prise de court
Se montra pire que le roi des basses-cours.

Craignant de voir les sœurs traîner sur l'oreiller,
La Vieille avant le jour venait les réveiller,
Les privant de ce qu'avant l'aube elles avaient :
C'est-à-dire le droit, la nuit, de sommeiller.

Les deux sœurs qui, déjà, en bavaient, en bavaient,
Travaillant pour la Vieille autant qu'elles pouvaient,
Avaient besoin d'un peu de sommeil pour bien faire.
Mais à la mort du coq, il faut le déplorer,
Leur problème ne fit qu'empirer.
Et rien ne pouvait plus arranger leurs affaires :
Le crime, au bout du compte, aggravant leurs ennuis,
Elles ne dormaient plus ni le jour ni la nuit.

Celle que La Fontaine dépeint *misérable*,
Affublée de jupons pour le moins exécrables,
La Vieille, qui sombrait comme dans la folie,
Ne laissait plus les sœurs se mettre même au lit,
Courrait en fin de nuit, hurlait dans la demeure,
Et, sans craindre que ses chambrières n'en meurent,
Empêchait notre couple en le faisant frémir,
De trouver le sommeil à l'heure de dormir...

La Vieille n'ayant point de plus pressant souci,
Je cite La Fontaine et le reprends ici :
Que de distribuer aux servantes les tâches,
En l'absence de coq, avant le jour s'attache
À faire aux filandières cent fois répéter
L'ouvrage qu'il faudra demain exécuter.

Cent fois, les voilà donc penchées sur le métier
Sans le moindre répit, sans la moindre pitié,

Et sans même qu'un coq aux accents cabochards,
N'obligea Phaéton à grimper sur son char...

Les deux sœurs d'en conclure alors, non sans dépit,
Que du coq à la Vieille, on va de mal en pis,
Qu'en voulant se sortir ainsi de l'embarras,
À n'importe quel prix, n'importe quel moyen,
On s'y met plus encore et plus on s'y mettra.

Plutôt qu'un moindre mal, mieux vaut faire le bien.

La vérité et le mensonge

Trois amis, chaque jour, vont dans le même bar,
Manger la même chose, ensemble, à la même heure.
Et chacun, chaque jour, pose sur le comptoir
Les mêmes dix euros que coûte un jambon-beurre,
Et le verre de vin qu'ils commandent à boire.

Tous les jours, sur le même comptoir, les trois hommes
Ensemble donneront la même unique somme :
Trente euros sont versés, soit trois fois dix euros,
Pour régler les sandwichs et payer l'apéro.

Mais, le barman, un jour, au moment d'encaisser,
Veut, envers ses clients, user de gratitude
Et, ce faisant, décide, alors, de rembourser
Cinq euros sur les trente versés d'habitude.

En déduisant des cinq, ainsi, chacun le sien,
Chacun des trois clients garde un euro pour lui
Et, pour montrer combien on apprécie le geste,
On redonne au barman les deux euros qui restent.
Ce qui nous permet donc de compter comme suit :
Des cinq euros rendus, chaque ami ne retient
Que l'un des trois euros qui, dès lors, lui revient.
Dix euros moins celui que chacun a déduit,
Cela fait neuf euros le repas quotidien ;
Multipliés par trois, cela fera vingt-sept,
Auxquels s'ajoute le retour dans la cassette
Des deux euros que les trois amis ont rendus.
Vingt-sept plus deux, vingt-neuf : un euro s'est perdu !

Où donc est cet euro ? Où a-t-il disparu ?
Il est là, et pourtant n'y est pas ! Qui l'eut cru ?

Calculons : trois fois neuf : vingt-sept euros, plus deux,
Cela donne vingt-neuf, excusez-moi du peu.
Vingt-neuf euros versés, c'est dire qu'il nous manque
Un euro sur les trente placés par la banque.
Où donc est cet euro ? Où donc est-il passé ?
Car trente euros auront bien été déboursés,
Et cinq euros rendus mathématiquement.
Pourtant l'euro a bien disparu, mais comment ?

Avant de la chercher dans un livre d'école,
Essaie de trouver la réponse à cette colle.[5]

---

5. Réponse en page suivante.

Réponse

L'euro a disparu dans le raisonnement
Qui mêle la logique et les mathématiques
En un même développement thématique.
S'il n'a pas disparu mathématiquement,
L'euro a disparu pourtant logiquement.

Et même si l'euro est là réellement,
Par ce principe, il va disparaître vraiment :
Pas de la caisse, de la poche, ou de la table,
Mais de l'esprit qui enregistre cette fable.

C'est par l'introduction d'un conte dans le compte
Que l'euro disparaît irrémédiablement,
Et qu'il disparaît comme véritablement.

Coda

C'est le pouvoir de tout ce que l'homme raconte :
De n'être pas toujours tel qu'il l'a raconté.
Tirons de ce constat une moralité :
Ce que l'on croit n'est pas toujours la vérité,
Ni ce que l'on nous montre la réalité.

La petite fille et le hérisson

Lorsque l'on veut aider, ou bien aimer autrui,
Il faut d'abord apprendre à penser comme lui.
Et, tout ce que l'on veut ou peut lui apporter,
Ne doit pas se faire au prix de sa liberté.

Une petite fille, un jour, risqua sa vie
Pour sauver de la route un petit hérisson
Et, s'attachant à lui, dès lors, elle eut envie
De l'élever chez elle ainsi qu'un nourrisson,
Mais il ne veut pas vivre enfermé dans ce gîte.
Pour se faire comprendre, il gémit, il s'agite,
Recrache les bonbons qu'on lui donne à manger,
Refuse l'eau du bain où l'on veut le plonger...

Un instant, elle semble l'entendre : elle hésite,
Et lui dit : « Non. Ici tu seras protégé. »
Elle le passe au spray contre les parasites,
Épointe ses piquants pour mieux le caresser,
Le monte dans sa chambre et, pendant la visite,
Lui murmure : « Chez moi, tu seras bien, tu sais. »

Mais plus elle prend soin du petit animal,
Plus elle veut son bien, plus ce bien fait le mal.

S'il avait pu le dire en langage enfançon,
Voici ce qu'aurait dit le petit hérisson :
« Je sais que tu me veux du bien, petite fille,
Je sais que tu es douce et que tu es gentille,
Mais j'ai besoin de vivre chez moi aujourd'hui,

De boire la rosée, ou bien l'eau de la pluie,
De manger l'escargot, l'insecte, la limace,
De faire, en bois feuillu, des tas que je ramasse,
Besoin de me rouler dans l'odeur de charogne
Pour éloigner l'intrus de ma petite trogne,
Et pour pouvoir, un jour, libre dans mes buissons,
Faire à qui me plaira des petits hérissons ! »

Mais la petite fille, hélas, de la leçon
N'aurait rien retenu que l'envie légitime,
Qu'elle avait de garder, pour elle, un hérisson.
Pouvait-elle penser qu'il en serait victime ?
Non, bien sûr ! Non, sans doute ! Jamais, sans façon !
Mais à changer les murs de sa chambre en prison,
À le garder cloîtré bien plus que de raison,
À trop vouloir chérir son petit hérisson,
Elle le fit périr ainsi dans sa maison...

C'était sans le vouloir, il faut qu'on lui pardonne.
Mais quand le bien fait mal, c'est qu'il y a maldonne.
Le bien que l'on veut faire, pour être un bienfait,
Comme son nom l'indique doit être bien fait.

Le bien que l'on propose, et dont l'autre dispose,
Ne doit pas, pour autant, être un bien qu'on impose.

L'être aidé, trop souvent est celui qu'on rançonne,
Mais aider ne nous donne aucun droit sur personne.

L'enfant et les corbeaux
(version longue)

Nul de pourra changer la nature d'un être.
En ce monde, chacun reste ce qu'il doit être,
Et même si, parfois, on peut se corriger,
Le fond de l'âme, au fond, ne peut être changé.

Près d'un frêne, un enfant ramassant, à la nuit,
Deux oisillons blessés par la tombée du nid,
Tente, comme il le peut, de soigner leurs corps frêles,
Et fera de son mieux pour les rendre à leurs ailes...

Sans chercher à savoir de quel genre d'oiseau
Il était le sauveur, il réchauffe leurs os,
Et fait battre leurs cœurs ainsi qu'ils le devaient,
Les couvait, les gavait, les lavait, les avait
Sans cesse près de lui, à portée de la main,
Des yeux, sans les quitter, au point que le gamin,
Bien qu'il en fût blâmé par sa mère et son père,
Devenait, dans la vie de ses petits compères,
Plus que n'est le tuteur ou même un bienfaiteur :
Sur la terre, il était leur ange protecteur...

Dès lors, les oisillons, profitant de son zèle,
Firent voir à l'enfant, en déployant leurs ailes,
Que pour être jolis et pour lui sembler beaux,
Œil sombre et plume noire, ils étaient des corbeaux...

Les corbeaux, nous dit-on, sont des oiseaux sauvages :
Nul n'en fera jamais des oiseaux d'élevage,
Ou bien de compagnie... Les corbeaux sont étranges,

Et souvent leur présence inquiétante dérange,
Au point de faire d'eux les oiseaux de malheur...
Les corbeaux sont cruels, fourbes et querelleurs,
Et ce n'est pas sans feu que la Chevalerie
En fera les suppôts de la sorcellerie,
Tant il est vrai qu'ils sont, de tous les prédateurs,
Les plus imprévisibles, les plus destructeurs,
Les plus impitoyables qui soient, les plus vils
Au sein de la forêt, au champ comme à la ville.

Ne nous y trompons pas : même si dans sa fable
La Fontaine le peint un peu niais et affable,
Se faisant mystifier par un *maître renard*
Au verbe doucereux autant que goguenards,
Maître corbeau, s'il est amateur de fromages,
N'en est pas pour autant un oiseau d'intérieur
Qui peut vivre enfermé sage comme une image.

N'en déplaise au goupil et ses accents railleurs,
Il est prompt à causer les pires des dommages,
Et son intelligence le rend supérieur
À tous les animaux de ferme ou du bocage.
Maître corbeau qui vit de casse et de saccages
Et dont la vue suffit à causer la frayeur,
Que ce soit pour le pire ou bien pour le meilleur
N'est pas de ces oiseaux qui peuvent vivre en cage...

L'enfant songea pourtant, la cage étant dorée,
Que ses deux protégés auraient pu l'adorer
Au point d'y demeurer toute une vie entière.
C'était bien se tromper sur eux en la matière.

Erreur d'appréciation, de jeunesse ou vœu pieu,
L'enfant croit ce qu'il veut, pas ce que voient ses yeux...
Et vouloir élever corbeaux dans sa maison,
Était chose de cœur mais non pas de raison.
« Pourquoi, diront certains, tant de sollicitude
Pouvait-elle appeler la moindre ingratitude ? »
Sans doute, et c'est, hélas, la terrible leçon
Qu'un jour dut en tirer notre petit garçon...

La bise étant venue, lorsqu'il vint à manquer
De vivres pour lui-même autant que de becquée,
L'enfant dit aux corbeaux : « Il faut me pardonner,
Mais je n'ai, pour vous deux, que ma part à donner ! »
Les corbeaux se l'arrachent, puis, comme furieux,
Se jettent sur l'enfant... lui dévorent... les yeux.

Stupeur ! Qui aurait pu croire chose pareille ?
L'enfant aux yeux crevés se bouche les oreilles :
La douleur redoublant à l'écho sans pitié
Des corbeaux s'envolant avec son amitié.

Le fracas de leurs ailes qui froissent l'espace
Au choc avec leurs becs, leurs ongles de rapaces,
Et la peur que provoquent leurs croassements,
Le noir de ne plus voir, encore, à ce moment.

Les corbeaux cassant tout, blessant l'enfant livide,
Qui se bat, se débat ! Tout seul avec le vide.
Les parents effarés accourant au secours,
Et les corbeaux, déjà, qui plongent dans la cour,
Qui prennent sur le coq au fond du poulailler,
Et ses œufs à la poule avant de s'en aller.

Les voilà dans le pré, laissant, pour d'autres cieux,
L'enfant qui, pour pleurer, n'a même plus ses yeux...

Qu'il soit bon ou mauvais, qu'il soit beau, qu'il soit laid,
Il importe de voir un être tel qu'il est,
Non pas tel que d'aucuns voudraient pour lui qu'il fût.
Le refus de voir est le pire des refus,
Mais, c'est ainsi, hélas, et la chose est réglée :
La raison par le cœur est souvent aveuglée,
On ne voit plus le monde à trop le voir en mieux.
Élève des corbeaux, ils te mangeront les yeux.[6]

---

6. Dans ce vers, il faut utiliser la syncope « ils te mange'ront les yeux », sinon cela ajoute un pied au vers. J'aurais pu écrire : « Ils mangeront tes yeux », mais je préfère jouer la carte de la syncope et conserver à ce vers traduit d'un proverbe espagnol toute sa dimension populaire.

L'enfant et les corbeaux
(version courte)

Près d'un frêne, un enfant ramassant, à la nuit,
Deux oisillons blessés par la tombée du nid,
Tente, comme il le peut, de soigner leurs corps frêles,
Et fera de son mieux pour les rendre à leurs ailes.

Dès lors, les oisillons, profitant de son zèle,
Firent voir à l'enfant que, pour lui sembler beaux,
Œil sombre et plume noire, ils étaient des corbeaux.

Les corbeaux ne sont pas des oiseaux d'élevage :
Sous leur air domestique, ils demeurent sauvages.
Et leur intelligence les rend supérieurs
À tous les animaux de ferme et du bocage,
C'est pourquoi les corbeaux ne peuvent vivre en cage,
Et ne seront jamais des oiseaux d'intérieur.

L'enfant songea pourtant, la cage étant dorée,
Que ses deux protégés voudraient y demeurer.

Mais la bise venant, lorsqu'il vint à manquer
De vivres pour lui-même autant que de becquées,
L'enfant dit aux corbeaux : « Il faut me pardonner,
Mais je n'ai, pour vous deux, que ma part à donner... »

Les corbeaux se l'arrachent puis, comme furieux,
Se jettent sur l'enfant, lui dévorent... les yeux...

Stupeur ! Qui aurait pu prévoir chose pareille ?
L'enfant aux yeux crevés se bouche les oreilles,
La douleur redoublant à l'écho sans pitié
Des corbeaux s'envolant avec son amitié...

Qu'il soit bon ou mauvais, qu'il soit beau, qu'il soit laid,
Il importe de voir un être tel qu'il est,
Non pas tel que d'aucuns voudraient pour lui qu'il fût.
Le refus de voir est le pire des refus :

On ne voit plus le monde à trop le voir en mieux.
Élève des corbeaux, ils te mange'ront[7] les yeux.

---

7. Cf. note précédente.

Le jugement du lion

(version longue)

Dans la jungle, c'est la famine.
Et le roi lion veut obliger
Tous ses sujets à partager
La part que chacun achemine.

C'est le roi lion qui doit juger
De la bonne distribution
Du gibier entre ses sujets,
De sa juste répartition.

Mais un matin, sur le trajet
De son retour, après la chasse,
La femelle du roi terrasse
Une autre qui s'en retournait
Pour lui dérober la carcasse
Qu'elle était venue rapporter,
Et prive la communauté
De la part qui lui revenait.

La lionne alors est arrêtée,
Puis appelée à comparaître,
Et c'est donc son seigneur et maître
Le roi lion, qui doit la juger...

(Tous les avocats, tour à tour,
Qui plaideront, sont des vautours...)

La procédure est engagée.
Le roi dit pouvoir apprécier
Les faits dans un constat d'huissier
Que lui a fourni sa milice,
Et qui disculpe sa moitié
Pour avoir été tout entier
Accrédité par la police.

Mais l'avocat de la victime
Dit que le roi, étant l'intime
De celle qu'il juge, il devrait
De lui-même se récuser,
Qu'il y a conflit d'intérêt...

Le roi lion, loin de s'excuser,
S'offusque alors de la demande
Et, à titre de réprimande,
Il met l'avocat aux arrêts.

Ayant confisqué le dossier
Du défenseur au bénéfice
D'un collègue commis d'office,
On en vient au constat d'huissier.

Le suppléant reste loyal
Et, s'adressant au lion royal,
Il dit : « Bon roi des animaux,
Si le constat nous prouve bien
Que votre épouse n'est pour rien
Dans l'homicide, il ne dit mot
Sur ce qu'est devenue la viande
Que la victime a transportée.

Aussi je viendrai en demande
Au nom de la communauté. »

Le roi dit qu'il n'est pas saisi
Pour un vol, mais bien pour un crime,
Et que la loi exige en prime
Qu'une seule voie soit choisie.[8]

Puis il ajoute à l'officier
Que rien dans le constat d'huissier
Ne fait état d'aucune viande,
Que, sans témoin qui la défende,
Sa demande est donc infondée.

Mais une autre lionne s'avance,
Et dit : « J'étais là, j'ai tout vu. »
Le lion, qui n'avait pas prévu
Ce témoignage, le devance :
Il souffle à la lionne avertie,
Que s'il doit changer de femelle,
Il portera son choix sur elle,
Et donc mangera ses petits...
La lionne alors de confirmer
Ce que l'huissier a imprimé.

Puis l'avocat de l'accusé
Soutient que vouloir récuser
Son propre juge est une offense.
Et ce d'autant plus qu'un constat
Permet de conclure en l'état,
À la légitime défense,
Que c'est donc ce qu'il plaidera.

---

8. *Una via electa*.

Et le juge alors jugera
Sur le fondement du constat :
(L'accusation étant absente)
Que la coupable est innocente...
Et patati et patata...

Le juge étant trop investi,
Le jugement fut tyrannique...
Mais on ne peut, sans être inique,
Être à la fois juge et partie.

Le jugement du lion
(version courte)

Dans la jungle, c'est la famine,
Et le roi lion veut obliger
Tous ses sujets à partager
La part que chacun achemine.

Mais, un matin, sur le trajet
De son retour après la chasse,
La femelle du roi terrasse
Une autre qui s'en retournait,
Et prive la communauté
De la part qui lui revenait.

La lionne, alors, est arrêtée,
Puis appelée à comparaître,
Et c'est donc son seigneur et maître,
Le roi lion, qui doit la juger.

(Tous les avocats, tour à tour,
Qui plaideront, sont des vautours…)

La procédure est engagée.
Le roi dit pouvoir apprécier
Les faits dans un constat d'huissier
Que lui a fourni sa milice,
Et qui disculpe sa moitié
Pour avoir été tout en entier
Accrédité par la police.

Mais l'avocat de la victime
Dit que, le roi étant l'intime
De celle qu'il juge, il devrait
De lui-même se récuser,
Qu'il y a conflit d'intérêt.

Le roi lion, loin de s'excuser,
S'offusque alors de la demande
Et, à titre de réprimande,
Il met l'avocat aux arrêts.

Puis l'avocat de l'accusée
Soutient que vouloir récuser
Son propre juge est une offense,
Et ce, d'autant plus qu'un constat
Permet de conclure, en l'état,
À la légitime défense,
Que c'est donc ce qu'il plaidera.

Et le juge alors jugera
Sur le fondement du constat,
L'accusation étant absente,
Que la coupable est innocente,
Et patati et patata.

Le juge étant trop investi,
Le jugement fut tyrannique,
Mais on ne peut, sans être inique,
Être à la fois juge et partie.

Le cerf et les chocards

La liberté d'autrui n'est pas une limite :
Au contraire, elle étend d'autant nos libertés.
On est libre autant que l'autre peut le rester.
Et si l'autre en tient compte, il est bon qu'on l'imite.

Un grand cerf mangeait toutes les branches de l'arbre
Dont les chocards avaient besoin pour se loger.
Ils devaient partager ses feuilles mais, de marbre,
Ni les autres, ni l'un ne voulaient partager.
– Que vais-je devenir si je vous laisse l'arbre ?,
Bramait à ces becs jaunes le grand cervidé.
– Et nous, où irons-nous si tu le laisses glabre ?,
Répondaient au grand cerf les petits corvidés.
– Les arbres sont à tous et, si vous êtes libres
D'utiliser leurs branches pour vous y loger,
Dit le cerf, je suis libre, moi, de les manger,
Et, pour me bien nourrir, j'ai besoin de leurs fibres.
– Mais, reprend un chocard, en rompant le discours,
Ta liberté, grand cerf, vaut bien celle des autres.
Pourquoi donc serait-elle au-dessus de la nôtre ?
C'est alors que le cerf, qui semble pris de court,
Comme à bout d'argument, dans un dernier effort
Lui brame : « C'est parce que je suis le plus fort ! »

À ces mots, le chocard change de ton, de voix,
Et, pour convaincre, alors choisit une autre voie,
Beaucoup moins belliqueuse et plus diplomatique :
« Tu es plus fort que nous, dit-il, je suis d'accord,
Tu es plus fort que nous, tu es un cerf dix-cors,

Mais tu l'es moins que nous, chocards, contre les tiques
Et autres parasites qui, je te le dis,
Peuvent, en transmettant de graves maladies,
Mettre le plus grand cerf dans un état critique,
Hormis lorsqu'un chocard lui mange sur le dos... »
La superbe du cerf va *diminuando*.

Ébranlé par les mots du chocard, il hésite.
Il voit son intérêt, contre les parasites,
À garder les chocards à portée de son cuir,
Et moins d'utilité à les faire s'enfuir.

Leur intérêt commun étant, donc, d'accepter
Que chacun fasse un pas vers l'autre liberté :
C'est ce que fit chacun, et tous d'en profiter.

       Envoi

Ami, la liberté de l'autre, c'est la tienne,
Et c'est te respecter que de la respecter.
La liberté de l'autre, c'est TA liberté !
Le but de cette fable est que tu t'en souviennes.

Le chocard, le moineau et le rouge-gorge

À Christophe Charret

Un chocard, un moineau avec un rouge-gorge
Tenaient conseil, au vert, dans le matin brumeux,
Ainsi que font les hommes, disputant, comme eux,
De l'opinion que l'un et que l'autre se forgent.

De quoi s'agissait-il ? Eh bien, pour le chocard,
Du tort que son bec jaune cause à son image :
Écorchant le ramage autant que le plumage,
Et fixant au phénix, la toque du tocard...

Le chocard se plaignait à ses deux acolytes
De ne jamais compter, ainsi, parmi l'élite
Des hôtes de ces bois en tant que corvidé.
Que le jaune insolent de son bec insolite
L'isolait du commun, au point, mélancolique,
De le faire sombrer, l'âme et le corps vidés.
Que ne pouvait-il donc, avec le rouge-gorge,
Faire partie, pour tous, du gotha des forêts
Comme, en tant que corbeau, sans doute il le ferait
Si son bec ne semblait ce gros, gras, grand grain d'orge ;
Que ne donnerait-il pour avoir le bec noir...

« Et moi, de lui répondre la gorge écarlate,
Que ne ferais-je pas pour ne plus émouvoir,
Ni souffrir les regards et la bouche béate
De tous ceux qui envient mon sort dans le miroir !
– N'êtes-vous pas heureux, monsieur, d'être une star ?,
Dit, choqué, le chocard au roi de la cantate.

– Et vous, n'êtes-vous pas heureux, maître chocard,
De n'être pas celui que l'on file à la patte,
Celui qu'on veut toucher, sur qui l'on se retourne,
Et de qui jamais les regards ne se détournent ?
En vivant comme vous, loin des yeux, à l'écart,
N'est-on pas plus heureux que moi, maître chocard ? »

Le moineau, brisant là, s'adresse aux deux lascars
En disant : « Pour ma part, je vous plains l'un et l'autre :
Qui de se croire beau, qui de se voir hideux !
La vérité se trouve au milieu de vous deux.
Regardez-moi, messieurs, ne suis-je pas des vôtres ?
Et pourtant, je ne me sens pas le cul terreux.
Je ne vois pas pourquoi je devrais, rose ou blême,
M'en faire, comme vous, un souci, un problème.
Qu'importe qui me montre ou m'ignore du doigt :
Je suis bien tout de moi vêtu comme il se doit.

C'est bien beau de vouloir que les autres nous aiment,
Mais d'abord commençons par nous aimer nous-même. »

La guêpe et les enfants

Cet âge est sans pitié…
Victor Hugo

Deux enfants regardant au bord de leur piscine
Une guêpe lutter pour s'extirper de l'eau,
Utilisent la pelle attachée à leur seau
Pour arracher l'insecte à cette onde assassine.
Et la voilà à sec dans le reste liquide
Où, flasque, elle se tord, le corps encore usé,
Lorsqu'aux yeux des enfants, qui soudain le décident,
L'envie de faire mal vient comme s'aiguiser,
L'envie de faire mal, juste pour s'amuser…

La bête, sur le dur, s'agite de plus belle
Pour échapper à l'eau qui la garde enlisée,
Quand l'un des deux enfants, pour la martyriser,
Avec un bout de bois, lui déchire les ailes.
L'autre lui dit : « Attends ! » Il n'en a pas assez,
Il veut, pour prévenir les risques de piqûres,
Et saisir la guêpe de façon plus sécure,
Lui retirer son dard et la neutraliser,
Ce qu'il fait en criant : « On va bien s'amuser ! »

Et voilà notre guêpe livrée en pâture
À ces deux innocents qui, joyeux, la torturent,
Prenant à son supplice un plaisir malicieux.
Et chacun se délecte en singeant, facétieux,
Les tourments de l'insecte et ses cris silencieux.
Chacun fait de son mieux pour que le mal perdure,
Et que a pauvre bête, encore, ait la vie dure.
Et chacun se complaît à voir s'éterniser
Le mal qu'on fait durer juste pour s'amuser.

Pris d'une frénésie toujours insatisfaite,
Les enfants, qu'un démon semble galvaniser,
Poussent des cris de fous, poussent des cris de fête,
Cherchant de la douleur, le feu pour l'attiser.
L'abdomen de la guêpe, où se tord irisé
Le reste de sa vie en mal de délivrance,
N'est plus que l'expression de la pure souffrance.
Et, face à ce qui ne peut s'extérioriser,
Chaque enfant trouve un jeu de plus pour s'amuser.

La pauvre n'a que ses mandibules brisées
Pour se battre contre les immenses menottes,
Et ses forces commencent à s'amenuiser.
On arrache une patte, on la jette à la flotte,
On la prend dans sa main pour mieux l'analyser
Mais, la voyant alors se débattre moins forte,
Les enfants, redoutant de la voir s'épuiser,
Lui portent en douceur des coups de toutes sortes,
Ravivent sa douleur, juste pour s'amuser…

Quand leur mère qui passe, en découvrant cela,
Crie : « Mon Dieu, mes enfants, mais que faites-vous là ?
Qu'est-ce qui vous a pris, mais qu'est-ce qui vous prend ?!
Les enfants sont surpris, aucun d'eux ne comprend.
Mais, la mère leur crie d'arrêter vite, vite,
Elle leur fait lâcher la larve qui invite
Au secours, par pitié quelqu'un à l'écraser.
Ce que fera la mère en hurlant, médusée,
Qu'on ne fait pas cela, même pour s'amuser.

Les enfants, étonnés, disent à leur maman
Qu'ils voudraient bien, mais qu'ils ont du mal à comprendre.
Et la mère qui ne sait par quel bout les prendre,
Pour mieux se faire entendre, leur dit calmement :
– Et vous, que diriez-vous, hein ? Si, pareillement,
Une guêpe, demain, vous faisait endurer
Tout ce par quoi vous venez de la torturer,
Et vous faisait souffrir juste pour se griser,
Juste pour le plaisir, juste pour s'amuser ?

– Mais, Maman !, dit le grand qui se fend, se défend,
On ne peut comparer la guêpe à un enfant !
– Si !, murmure la mère, en lui prenant les doigts,
On le peut, mon enfant ! On le peut, on le doit.
Nous devons respecter tout ce qui est vivant :
Les animaux, bien sûr, les insectes, les plantes,
Et les trois éléments qu'on oublie trop souvent :
La terre, l'air et l'eau qui sont choses vivantes,
Et dont il faut doser nos envies d'en user,
Au lieu de s'en servir ou de s'en amuser.

Tout ce qui vient au monde est chose qui palpite,
Et d'un trésor vivant qu'ensemble nous formons.
Tout ce qui vibre et meurt en est une pépite,
Et c'est nous abîmer lorsque nous l'abîmons.
Tout respire ici-bas jusqu'à même la roche,
Chaque chose en ce monde est son propre limon.
Là où tout semble inerte lorsqu'on s'en approche,
On peut sentir un cœur battre entre deux poumons ;
On peut l'entendre, oui, s'ébattre ou se briser,
Mais ne l'entendra pas qui veut s'en amuser.

Tout ce qui vient au monde est fait de corps et d'âme,
Dit aux enfants la mère assise à leur portée ;
On dit bonjour monsieur, on dit bonjour madame :
On doit le faire aussi pour tout en vérité,
Respecter tout ce qui nous vient de la nature,
Qui s'est fait un devoir comme nous d'exister.
Tout ce qui vient au monde est de même facture,
Malheur à qui veut s'en désolidariser,
À qui fera le Mal juste pour s'amuser !

De quel droit vous en prenez-vous à un insecte,
Un être qui ne demande qu'à vivre en paix ?
De quel droit lui manquez-vous ainsi de respect,
Sa vie n'est-elle pas chose qui se respecte ?
Sa vie vaut elle moins que la vôtre ici-bas ?
Et son cœur n'est-il pas aussi un cœur qui bat ?
L'aîné semble choqué par la mère et objecte
Que les grands font bien pire, sans s'indisposer,
Qu'il a bien lui aussi le droit de s'amuser.

– Pas ainsi, lui répond la mère se levant.
Tout ce qui était là avant nous, bien avant,
Tout ce qui est la vie doit être préservé.
Pas seulement la vie sous notre forme humaine,
Mais sous toutes les formes qu'on peut lui trouver,
Connues ou inconnues. Et si l'homme ramène
Tout à lui en ce monde, et peut l'apprivoiser,
Il n'a pas pour autant le droit d'en disposer
Juste comme il l'entend, juste pour s'amuser !

– Et les plantes qu'on mange ? Et tous les animaux ?,
Dit l'enfant, qui veut prendre sa mère en défaut,
Il faut bien commencer par les faire mourir,
Il faut bien qu'on les tue si on veut s'en nourrir.
– Oui, dit la mère, mais sans les faire souffrir.
Si nos vies en dépendent, parfois, s'il le faut,
On peut prendre une vie, hélas, ce n'est pas faux,
Mais sans avoir pourtant le droit d'en abuser.
On peut prendre une vie, mais pas s'en amuser.

Même la vie qu'on prend doit être respectée,
C'est assez que se donner le droit de l'ôter.
Qui méprise la vie, se méprise lui-même,
Et en semant le mal, récolte ce qu'il sème.
– Mais moi, dit le petit, je ne sais pas vraiment
Ce que c'est que le mal. Tu le sais, toi, maman ?
– Bien sûr que je le sais, dit la mère avisée :
Le mal, c'est tout le tort que tu viens de causer,
C'est ce que tu as fait, juste pour t'amuser...

Le mal, c'est ce qu'hélas les gens font tous les jours :
Parfois sans le savoir, comme toi, mon amour
Mais parfois en sachant que l'autre le reçoit.
Ce mal qu'on fait exprès est le pire qui soit.
Le mal, ce n'est pas la douleur que l'on éprouve,
Mais celle qu'on inflige alors qu'on la réprouve.
Le mal, c'est ce que l'être humain doit récuser
En son âme, et refuser de s'autoriser :
Que ce soit en conscience ou bien pour s'amuser.

Le mal, c'est ce que tu ne veux pas qu'on te fasse. »
Ainsi parlait la mère à ses monstres gentils
Qu'elle serrait contre elle et gardait tout blottis,
Quand soudain sur la guêpe écrasée, juste en face,
Elle voit des fourmis par milliers qui s'amassent.
Les montrant à ses fils, elle dit : « Ça, c'est bien,
La guêpe, au moins, ne sera pas morte pour rien. »
Puis, chacun acquiesçant réclame son baiser,
Et la mère y consent, juste pour s'apaiser.

L'amour d'une mère

Cette histoire me fut racontée par ma mère,
À l'époque où j'allais à l'école primaire,
Un jour où je fis preuve de méchanceté
Envers elle, la laissant plus triste qu'amère,
Et cette fable au cœur pour toujours m'est restée.
À mon tour, à présent, de vous la raconter :

Un jeune homme amoureux d'une belle mégère,
Lui donne son argent et ses biens sans compter,
Dilapide les fonds qu'il amasse et qu'il gère
Pour ses clients, amis et autres partenaires,
Sans parler de l'argent qu'il a mis de côté,
Ou des biens dont plus tard il aurait hérité.

Pour garder avec lui sa belle mercenaire,
Il était prêt à tout, à tout lui sacrifier.
Et la suite, hélas, est là pour en justifier :
L'argent comme l'amour se faisant éphémère,
Pour jauger son pouvoir ou pour le vérifier,
La mégère, au jeune homme, dit : « Va chez ta mère,
Arrache-lui le cœur, et viens me le porter. »
Le jeune homme ne pouvait pas lui résister...

D'un trait, il fonce alors, sans même réfléchir,
Là où il trouvera sa vieille protectrice
Et, à coups de couteau, arrache, sans fléchir,
Le cœur de sa maman, sa mère, sa matrice.
Ivre de sang versé et d'ardeur pour sa belle,
Il court à perdre haleine, il court à travers champs,

En serrant contre lui la fibre maternelle
Qu'il tient entre ses mains, quand, soudain, trébuchant,
Il lâche, de son long, en tombant sur la tête,
Le pauvre ventricule et la chère oreillette...

On ne sent plus un souffle, on ne sent plus un pas,
On n'entend que le cœur de la mère qui bat
Et, de là où la lame avait fait son office,
Une voix qui s'écrie : « Tu t'es fait mal, mon fils ? »

Si tant est que l'amour puisse être une chimère,
Il en est un, pourtant, qui ne peut s'abîmer :
C'est l'amour le plus vrai qui se puisse nommer,
C'est l'amour le plus pur, c'est l'amour d'une mère.

La belle pomme toute ronde

C'était une pomme bien ronde,
Bien plus belle et bien plus gironde
Que les pommes qui l'entouraient.
À chaque instant de la forêt,
Elle se mirait, s'admirait,
Et demandait à tout le monde :
« Suis-je la plus belle à la ronde ? »
Chacun, ainsi qu'elle voulait,
Lui disaient : « Oui » et s'en allaient.

Mais un jour, le vent qui soufflait
La fit tomber de sa superbe
Et du pommier, le cul dans l'herbe,
Où elle se vit confinée
Avec une bouse… de vache !
La belle pomme alors se fâche,
Et dit en se bouchant le nez
À la bouse toute étonnée :
« Dis-moi un peu, toi qui purines,
Que fais-tu devant mes narines,
Moche et qui pues comme tu es ?
Ne crains-tu pas d'être vilaine
Et d'avoir si mauvaise haleine
En m'imposant ta face immonde,
À moi, la plus belle du monde ? »

Ainsi parlait la mirliflore
À la bouse pesticolore
Quand une vache qui paissait

Passe et, tandis qu'elle passait,
Happe, en à peine une seconde,
La belle pomme toute ronde.

La pomme a beau gesticuler
En se faisant masticuler,
Jurer qu'elle est la plus gironde,
La plus belle pomme du monde,
La vache après l'avoir mâchée,
Meugle et se lâche dans le pré.

La voyant toute effarouchée,
Toute en cloche et toute amochée,
L'autre qui était là, tout près,
Lui dit : « Bienvenue dans l'après !
Tu sais, je ne suis pas jalouse :
Et tous les jours, sur la pelouse,
Aussi longtemps que je puerai,
Si tu le veux, je te dirai
Que pour moi, tu es à la ronde
La plus belle bouse du monde ! »

Moralité : quand la beauté,
Comme la vie, nous est ôtée,
La seule beauté qui demeure,
C'est la beauté intérieure.[9]

---

9. Faire la diérèse et compter quatre syllabes pour « intérieur ».

Le hibou Tchou

Tchou le hibou vivait en Chine
À la cour d'empereurs chinois.
Il soupirait pour le minois
D'une chouette prénommée Tchine.

Ouvrant des yeux ronds débridés
À force de la regarder,
Tchou le hibou cambrait l'échine,
Et, comme un coq, le port bien droit,
Allait, venait, au pas de l'oie,
Déamb-hululant devant elle
En gestic-hululant de l'aile.
Comme un albatros d'opéra,..

Tchou le hibou faisait le fou.
Et, dans l'espoir de plaire à Tchine,
La couvrait de fleurs, de bijoux
Et tout le tralalaïtou.
Se pavanant, faisant la roue,
Il se montrait un peu partout
Avec Machin, avec Machine,
En s'efforçant d'être un peu tout,
Sauf un hibou…

Mais Tchine, avec sa belle mine,
Était loin d'être une gamine,
Et elle en connaissait un bout
Sur les hiboux...

Elle avait bien compris que Tchou
N'était encore qu'un bout d'chou,
Et que, sous ses airs de voyou,
Tchou le hibou était surtout
Doux et gentil comme un toutou.

Mais Tchine, se lassant à force
De le voir faire ainsi le paon,
Le beau, le grand, bomber le torse
Comme les voiles d'un sampang,
Lui dit un jour : « J'en ai assez,
Tchou ! Maintenant, il faut cesser !
Je ne suis pas intéressée
Par tes histoires, tes combines !
Fais donc la farce aux colombines !
Je ne veux pas de tes bijoux,
Cailloux, genoux, joujoux et poux :
Ce que je veux c'est un époux ;
Un hibou, c'est tout, qui soit chou !
Pas un hibou qui perd la boule.
Un vrai : un hibou qui bouboule.[10]
Et voilà pourquoi tu échoues
Avec moi, pauvre petit Tchou !
Pourquoi je mets là le holà. »

Effaré d'entendre cela
De la bouche même de celle
Pour qui son cœur battait de l'aile,
Tchou le hibou fut si touché,
Qu'il ne parvînt à le cacher.

_____

10. Il faut savoir que la chouette hulule et que le hibou bouboule.

Tchine, en le voyant s'émouvoir,
Fut émue de ce qu'il fit voir,
Et, découvrant cette facette,
Elle le trouva même... chouette.

En le voyant ainsi perché,
Sans faire semblant, ni tricher,
Le cœur à nu, tel qu'en lui même,
Tchine eut l'envie de s'enticher,
De lui hululer un « Je t'aime » ;
Et la flèche de se ficher...

Pour plaire à l'autre en vérité,
Il n'est pas besoin de frimer,
D'en faire trop, d'en rajouter,
Ou de crâner comme un benêt.

Il suffit, pour se faire aimer,
De se montrer tel que l'on est.

Le mendiant et le garde

Quel que soit le destin que la vie nous façonne,
Personne n'est jamais au-dessus de personne.

Un mendiant qui frappait aux portes d'un palais
À grands bruits appelait.
– Que veux-tu ?, dit le garde.
– Je veux, dit l'homme en hardes,
Que l'on me mène auprès du calife, ton maître.
– Je ne puis le permettre,
Répond l'homme en armes,
Et de sommer le gueux d'arrêter le vacarme.
Mais le mendiant insiste : « Ouvre-moi le palais,
Garde, je te l'ordonne, fais ce qu'il me plaît !
– Qui es-tu pour oser me parler de la sorte ?,
Dit le garde au mendiant, qui hurlait, qui hurlait
« Je suis plus que celui dont tu es le valet,
Au-dessus de celui dont tu gardes la porte.
– Au-dessus du calife, il n'est que Dieu, manant.
– Je suis juste au-dessus. Ouvre-moi, maintenant !
– Juste au-dessus de Dieu, il n'y a rien, mendiant.
– Vraiment ?, répond le gueux alors en souriant...
Eh bien, c'est justement ce que je suis, gardien :
Rien.

La bouse de vache et le petit putois

Un pauvre et tout petit putois
Errant, comme ses congénères,
Et comme tous ces pauvres hères
Qui, sans domicile, ont cent toits,
Errait sur les routes de France.
Il errait donc seul, en souffrance,
Abandonné des animaux,
Ne trouvant pour chanter ses maux
Point d'Ésope ou de La Fontaine,
Des fables mis en quarantaine,
Il cherchait sans pouvoir s'en sortir
Quelqu'un qui puisse le sentir.
Quand on erre, on est indigent,
On est pauvre, on n'a pas d'argent,
Et l'argent seul n'a pas d'odeur :
Heureux celui qui le transpire !
C'est volontiers que l'on respire
Sa précieuse puanteur.
Le putois, lui, sent si mauvais,
Qu'à l'odeur il est sans pécule,
Et qu'à son approche, on recule.
« Toi, vieux putois, si tu pouvais,
Jeune putois, si tu savais,
Vous seriez entouré d'amis
Comme l'est de mouches l'étron... »
Le petit putois s'étant mis
Ces pensées-ci dans le citron,
Pose d'abord un pied, puis deux,
Dans un caca ! Geste hasardeux

Qui, pourtant, lui porta bonheur,
Car cela le mit à l'honneur
Auprès des mouches qui le prirent
Pour une bouse, et s'en éprirent.

Moralité : ce n'est vraiment
Que dans la merde, et seulement,
Qu'il nous est quelquefois permis
De nous faire de vrais amis.

Le chamelier, ses fils et le sage ami du clan

Un père avait trois fils, comme lui, chameliers.
Décédant, celui-ci voulut, en héritage,
Aux trois frères donner son troupeau en partage
Selon la règle stricte du droit séculier.
Ce droit, qui découlait de la loi des ancêtres,
Prévoyait, pour autant que tout cela puisse être,
Le partage suivant du bétail en dépôt :
À l'aîné des trois fils, la moitié du troupeau ;
À son frère cadet, le tiers ; et le sixième,
À celui des trois qui était le benjamin.
Mais le père, en mourant, leur posa un problème
Insoluble en l'état, même après examen.
Il ordonna, et ce furent ses derniers mots,
Qu'on fit la division « sans abattre un chameau ».

Mais les chameaux étaient au nombre de dix-sept,
On ne pouvait donc pas, sans sacrifier trois têtes,
Diviser le troupeau : dix-sept bêtes par deux,
Font huit virgule cinq, donc une bête morte ;
Le diviser par trois est aussi hasardeux
Si l'on veut que le nombre des bêtes s'en sorte ;
À cinq virgule sept, la sixième visée
Ne peut qu'être abattue pour être divisée.
Idem lorsque par six on divise dix-sept :
À deux virgule huit, on doit perdre une bête
Car, estropiée, la bête doit être abattue,
Et, pour la découper, il faut bien qu'on la tue.

Les trois frères cherchaient, prostrés près du linceul,
Comment solder le compte alors en le bouclant,

Quand vint les secourir un sage, ami du clan.
Ce dernier possédait un chameau pour lui seul :
« Prenez-le, mes amis, dit-il, je vous le cède.
Et même si c'est là tout ce que je possède,
Prenez-le ! Avec lui, vous pourrez satisfaire
Le dernier vœu du Père et le droit coutumier :
Accomplir le second, honorer le premier.
Partagez donc les bêtes comme il le voudrait.
Si Dieu le veut, un jour, vous me le revaudrez. »

Les chameaux, de dix-sept, passèrent à dix-huit,
Et le compte, alors, put se faire comme suit :
L'aîné put diviser l'héritage par deux,
Le fils cadet, par trois, et le dernier d'entre eux
Put diviser par six le nombre des chameaux,
Sans avoir à abattre un seul des animaux.

Neuf chameaux pour l'aîné et six pour le cadet,
Trois pour le benjamin, zéro pour le prêteur,
Mais les frères, pour rendre grâce au bienfaiteur,
Lui gardèrent un chamelon de leurs chamelles,
Ce qui lui fit, en plus d'un mâle, deux femelles,
Qui donnèrent pour lui naissance à un troupeau.
Le sage, qui n'avait que les os et la peau,
Vit cette aide en retour lui venir à propos.

De cette fable-ci, la tradition orale
Retiens ce qui, dès lors, en devint la morale,
Et que je tire en vers, ici, de mon chapeau :

Lorsqu'on donne vraiment, sans arrière-pensée,
C'est toujours doublement qu'on est récompensé.

Le brave paysan et l'excédent de blé
Saison I

Un brave paysan récoltait, chaque année,
Plus de blé qu'il n'avait de place en ses greniers.

Sans permis de construire, ayant trop moissonné,
Et voulant, malgré tout, garder tout, ce dernier
Engrangea le surplus dans sa gentilhommière.

Mais, pour que l'excédent de blé puisse sécher
Pendant toute une année (un an, c'est le délai),
Il fallait l'isoler de l'eau et la lumière.

Pour ce faire, il cloua fenêtres et volets,
Il cloîtra sa maison du toit jusqu'au plancher,
Il colmata les portes, les murs, les filets
Susceptibles d'ouvrir la voie aux moisissures.

Mais la pression du grain ouvrit tant de fissures
Que la lumière et l'eau s'infiltrèrent dedans.
Et les infiltrations, dès lors, se succédant,
Le fermier vit pourrir le blé dans sa chaumière.

Puis vinrent s'ajouter à la perte première
Tous les frais de restauration de sa maison,
Et cela lui coûta le prix d'une saison,
Sans compter les reproches de dame fermière...

La leçon qu'il tira fut bonne cependant :
À vouloir trop gagner, on finit le perdant.

Saison II

Un fermier, récoltant du surplus à foison,
Avait, en vain, voulu le stocker sur ses terres
En tentant de changer en grange sa maison,
Mais avait vu pourrir le blé excédentaire.

Prévoyant un surplus de blé dans la saison,
Pour ne plus dépenser plus qu'il n'est de raison,
Le fermier décida, après les fenaisons,
D'en parler à son frère, (un grand propriétaire.)

Ce dernier, qui venait d'acquérir d'autres terres,
Possédait bien assez d'espace entre ses murs,
Pour y mettre à sécher l'excédent de blé mûr.
Et quand notre fermier moissonna beaucoup plus
Qu'il ne pouvait lui-même engranger de surplus,
Il offrit à son frère, alors contre deniers,
De stocker l'excédent de blé dans ses greniers.

Sur la vente du grain qu'il gardait en étage,
Le frère toucherait, bien sûr, un pourcentage.
Et le frère accepta, mais, hélas, faisant fi
De l'accord, il garda pour lui tout le profit.

Puisqu'un an et un jour venaient de s'écouler,
Sans que l'arrangement n'eût été signalé,
Le tribunal jugea et conclut que le blé
Appartenait à qui l'avait en ses greniers :
Le paysan fut donc légalement floué.

Il apprit, cependant, pour n'avoir rien signé,
Que sans accord écrit, on est désavoué.

Saison III

Un paysan ayant, plusieurs fois d'affilée,
Moissonnant, récolté un excédent de blé,
Se trouva, pendant les deux premières années,
Dépourvu des surplus qu'il voulut se donner.

Après avoir changé en grenier sa chaumière,
Il perd ainsi le gain de sa saison première.
Puis il perd le second en voulant le stocker
Chez son frère, qui finira par l'escroquer.

Fâché avec son frère et en mal d'acquéreur,
Ne voulant plus commettre la faute ou l'erreur,
Le fermier résolut d'aider un métayer
Que son père avait eu jadis comme employé.

Ce dernier, exploité par son propriétaire,
N'avait plus un seul grain de blé à mettre en terre
Et, de fait, plus assez pour payer son loyer.

Le pauvre allait bientôt se faire exproprier,
Et n'avait plus, hélas, que ses mains pour prier,
Lorsque le paysan l'aida, en lui cédant
Tout le blé qu'il avait fauché en excédent.

Grâce au grain qu'il reçut, le pauvre métayer
Put nourrir sa famille, semer, récolter,
Gagner de quoi payer les loyers qu'il devait,
Tout en mettant assez d'argent frais de côté
Pour pouvoir acheter la terre où il vivait :
Devenir exploitant et non plus exploité.

Pourtant, le généreux fermier, dans cette affaire,
Ne retira pour lui, à terme, aucun profit,
Mais il put ressentir l'effet du bien qu'il fit,
Et, de cet effet-là, il sut se satisfaire :

Ce qu'on gagne en donnant, c'est le bien qu'on peut faire.

Épilogue
Le bilan du paysan

Récoltant trop de blé, un fermier, cependant,
Ne sut tirer profit de son blé excédant.

En engrangeant chez lui, il perdit sa maison.
Puis son frère lui prit sa deuxième saison
En faisant son profit d'un abus de confiance.

Ne trouvant pas moyen d'en tirer un denier,
Il offre son grain à un pauvre métayer
Qui, loin de faire montre de reconnaissance,
N'eut pour lui, au contraire, en retour aucun geste,
Si ce n'est de le fuir comme l'on fuit la peste.

Mais, du bien qu'il fit lors de cette saison-ci,
Le fermier sut tirer la leçon que voici :
La moisson de ce blé, gratuitement donnée,
Avait valu la peine d'être moissonnée.

Avoir donné son blé avait permis : Grand 1 –
Que ne pourrisse pas du bon grain de bon blé.
Grand 2 – que ce bon blé ne soit pas dérobé.
Grand 3 – que ce bon blé, enfin, serve à quelqu'un.

Le paysan conclut que le don de son grain
Faisait de lui un homme utile à son prochain.

Cette idée lui parut bien plus enrichissante
Que l'argent ou le son des voix reconnaissantes.

C'est ainsi qu'il se sentit bien plus gratifié
Que si le blé avait pour lui seul fructifié.

Grand 4 – il put apprendre aussi du métayer
Combien celui qu'on aide est prompt à l'oublier.

D'aucuns se sentiront parfois comme humiliés
De ce que l'on ait pu les voir dans le besoin.
Le bienfaiteur est vu, parfois, comme un témoin
Gênant de ce à quoi le bienfait nous arrache.
C'est, bien souvent, pourquoi l'être aidé se détache,
Et veut trancher la main qui l'a sorti du trou...

Sachons, malgré cela, garder le bien en nous.

Comme l'a dit le sage, sans être entendu
Par ceux qui jettent tout ce qu'ils n'ont pas vendu :
Ce que l'on peut donner mais qu'on garde, est perdu.

Le village aux 100 piastres

L'argent doit circuler et faire son chemin
Dans tout le corps social, comme le sang humain.
Lorsque le sang ne circule plus dans les veines,
Il condamne le corps à une mort certaine.
Il faut que l'argent sorte autant qu'il peut entrer.
La fable qui va suivre est là pour le montrer.

Dans un village humain, comme tant sous les astres,
Chacun des villageois devait juste cent piastres
À son proche voisin. Quand passe un visiteur
Qui demande le gîte à l'un des débiteurs,
Au demeurant, celui qui était tavernier.

Ce dernier avait une salle en son grenier
Qui lui servait de chambre autant que de cellier,
Et transformait parfois sa modeste taverne
En hôtel de fortune pour les cavaliers.

Le visiteur demande alors, pour sa gouverne,
À combien est la chambre au tarif journalier.
– Cent piastres, répond l'hôte mû en hôtelier.
– Cent piastres ? Voilà, fichtre !, qui fait cher le gîte !,
Lance le visiteur. Un instant, il cogite,
Puis voit que sur le mur le prix est affiché,
Met l'argent sur la table, et monte se coucher.

Sitôt le tavernier court rendre à son voisin
Les cent piastres qu'il doit. Puis, son voisin l'imite,
Et rembourse, à son tour, le meunier, son cousin.

Chacun des villageois, de même, ainsi de suite,
Va rendre à son prochain les piastres empruntées
Jusqu'à ce que la dette atteigne sa limite,
Apurée par tous ceux qui l'avaient contractée,
Le dernier sur la liste étant le tavernier...

Les cent piastres lui reviennent en fin de course,
Mais à peine allaient-elles rentrer dans sa bourse,
Que sort le visiteur réclamant ses deniers !

Il ne veut plus la chambre, il crie dans l'escalier
Qu'il aurait vu des rats traîner sur le palier,
Que le lieu ne lui semble plus hospitalier.

Il somme son logeur de rendre les cent piastres
Ou il fait un malheur, ou il fait un désastre.
Et l'hôtelier, qui veut se montrer obligeant,
Redevient tavernier, et lui rend son argent.

Mais, peu importe, alors, le client rabat-joie,
Puisque son argent sert à tous les villageois,
Puisque, pour chacun d'eux, l'argent trébuche et sonne,
Jusqu'au point où nul ne doit plus rien à personne.

S'il est vrai que l'argent, dans la forme où il dort,
Rapporte bien souvent plus que son pesant d'or,
L'intérêt de celui qui va de mains en mains
Est d'enrichir l'ensemble des êtres humains.

Le secret du laboureur

Un riche laboureur, nous conte La Fontaine,
Se sentant condamné à une mort certaine,
Fit venir ses deux fils, et leur dit sans témoin :
« Gardez-vous, mes enfants, de vendre l'héritage
Que je dois, à ma mort, vous léguer en partage !
En cédant cette terre, vous obtiendrez moins
Qu'en labourant chacun votre propre parcelle
Et, comme je le fis, en y semant le grain.
Gardez-vous, mes enfants, de vendre vos terrains,
Car vous en perdriez le gain dans l'escarcelle...
Creusez ! Fouillez ! Bêchez ! Remuez votre champ !
Et vous découvrirez, creusant, fouillant, bêchant,
Tous les trésors cachés qu'une terre recèle.
J'ai dit tous les trésors !, lance-t-il haut et fort.
Mais le père s'essouffle et, dans l'ultime effort,
Du cœur qui veut franchir l'instant qui le dépasse,
Leur dit en retenant ses yeux se retournant :
« J'ai cultivé ma terre, à vous deux maintenant,
Et la terre saura vous livrer ses tenants...
En vendant vous seriez doublement les perdants.
L'âme est récompensée lorsqu'elle se surpasse.
Je ne sais plus l'endroit, mais j'ai mis, là-dedans,
Tout l'or que j'ai, pour vous, pu soustraire aux jaloux.
Retournez votre champ, dès qu'on aura fait l'août,
Et vous le trouverez ainsi que je vous l'offre. »
Les fils lui disent : « Non ! Tu n'as pu oublier,
Dis-nous où il nous faut creuser, bêcher, fouiller,
Dis-nous où est ton or ! Dis-nous où sont les coffres ! »
Mais le père s'étouffe au moment de parler...

Il se tient la poitrine et, la laissant aller,
Il ne peut plus reprendre son air à l'espace,
Ferme soudain les yeux, perd le souffle, et trépasse...
Les enfants se demandent alors, en pleurant,
Ce que voulait leur dire leur père en mourant...
Car, depuis qu'il était cloué à l'oreiller,
Le père, qui avait cessé de travailler,
N'avait pu obtenir que ses enfants le fissent,
Et, ne voulant confier à nul autre l'office,
Avait livré sa terre, ainsi à l'abandon...
L'un dit : « Ce dont le Père, ici, nous a fait don,
Ce n'est pas d'une terre mais d'une morale,
Et dans les mots qu'il dit avant son dernier râle,
J'entends ce que jamais je n'avais entendu :
J'entends qu'un bien acquis sans travail est indu.
Et je m'en veux, mon frère, d'avoir attendu,
Pour comprendre le Père, de l'avoir perdu...
Le travail est un bien qui rapporte bien plus
Par le bien qu'il fera que par l'or qu'il procure.
Et la main qui ne travaille pas dévalue
Le bien qu'elle a acquis puisqu'elle n'en n'a cure...
Vendre la terre, alors, serait, à nos dépens,
Poursuivre dans l'erreur dont mon cœur se repend. »
Mais l'autre de répondre, en essuyant ses pleurs :
« Ce n'est pas ce que j'ai entendu tout à l'heure.
J'ai entendu les mots d'un Père qui a peur
De perdre avec la vie le fruit de son labeur.
Craignons que la douleur nous égare, nous leurre,
Et vendons cette terre puisqu'il n'a jamais
Eté question, pour nous, un jour, de l'exploiter. »
L'autre de rétorquer : « J'entends, mon frère, mais
Je voudrais qu'à propos de son or, tu m'expliques

Ce que, pour toi, le Père a voulu nous conter ?
Quels sont donc ces trésors qu'il aurait enterrés ? »
– Ce sont pour moi, hélas, des trésors symboliques,
Dit le frère attendri, et pourtant atterré,
Des trésors en paroles dont tu as fort bien
Résumé l'argument, mais la vente du bien
Suffira amplement, du moins pour le moment,
À garantir, ici, notre enrichissement.
– Et après ?, lui répond son frère s'affligeant,
Que nous restera-t-il, **après**, de cet argent ?!
– Qu'importe !, assène alors le second au premier,
Nous ne serons jamais laboureurs ni fermiers !
– Pourquoi ?, rétorque encore au premier le second,
Nous pourrions essayer ! L'autre sort de ses gonds,
Et, perclus de chagrin et de contrariété,
Prend son frère à partie avec sévérité.
Le ton monte et, montant, ne cesse de monter ;
Le ton monte, et les mots que l'on va regretter...
L'un sur le bienfondé du bon vouloir d'un Père
Œuvrant pour qu'après lui, ses enfants obtempèrent,
L'autre sur l'intérêt de la vente opportune
D'un champ qui sur le champ ferait là leur fortune,
L'un arguant qu'il est mal de ne pas écouter
Le conseil de leur Père en voulant l'occulter,
L'autre que ce conseil n'était pas le message
Du pater familias qui parle comme un sage,
Mais du Père avisé qui connaît la nature
Et le fonctionnement de sa progéniture,
Qui pense en appâtant ainsi ses rejetons
User de la carotte autant que du bâton :
Que c'est là l'évidence, qu'il faut l'accepter,
Et ne pas s'entêter ! Et ne pas s'entêter !

Mais son frère s'entête, alors en ajoutant
Que cette volonté de donner à penser
Que sa terre pourrait un jour récompenser
Doublement leur travail, était pour plus longtemps
Un cadeau plus précieux, et bien plus important
Que celui qu'ils avaient reçu en héritage.
Que vendre serait un profit de bas étage,
Car l'idée qu'un travail rapporte en avantages
Plus que le bien acquis sans peine, en héritant,
Est un présent qui vaut plus que l'or et l'argent.
S'en détourner serait indigne et outrageant.
Le frère qui veut vendre et qui monte en pression,
Essaie de se reprendre et de mieux raisonner.
Contenant sa colère avec son émotion,
Il parle alors sans agresser son frère aîné.
Pour prendre sur son frère, il cherche l'argument
Qui pourrait le convaincre définitivement :
« Depuis la mort du Père, la terre est en friche,
Dit-il, nous ne saurons jamais la cultiver,
Ne perdons pas de temps ou d'argent à rêver,
Et vendons cette terre, ainsi nous serons riches !
Il serait trop coûteux de sonder nos arpents.
Si tu le fais, alors fais-le à tes dépens,
Car je ne mettrai pas un kopeck là-dessus,
Et vendrai pour ma part, celle que j'ai reçue. »
Mais le premier s'entête, et, coupant court, il rompt :
« Je ferai ce que Père a dit et nous verrons.
Vends ta part si tu veux, je ne la vendrai pas,
Je ferai mot pour mot ce que voulait papa. »
Une brouille s'en suit entre les héritiers.
L'un veut vendre sa part mais ne peut qu'à moitié ;
L'autre, dont la compétence agricole est ancienne,

Essaiera vainement de cultiver la sienne...
Mais, à force de prendre et prendre de la peine,
En retournant son champ, il est récompensé :
À force de creuser, de fouiller, de bêcher,
Il trouve un des trésors que le père a cachés,
Un de ces deux coffrets où le Père a placé
Pour ses fils la moitié de ses économies.
Le frère qui doutait alors ne doute plus.
La confiance filiale s'étant raffermie,
Il remuera la part qui lui fut dévolue,
Bêchant, creusant, fouillant jusqu'à trouver aussi
Son or là où son Père en terre l'avait mis,
Et, le reconnaissant, il sut dire merci...
Il connut que son frère était donc dans le vrai
Au sujet du message que leur délivrait
Le Père en expirant et, changeant d'attitude,
Il se fit le champion d'une autre certitude :
« Profitons que la terre ne soit plus en friche
Pour y semer la graine, ainsi nous serons riches,
Elle vaudra bien plus si nous l'ensemençons !,
Lança-t-il à son frère. Ainsi, les deux garçons
Prirent à leur service un brave métayer,
Puis de bons ouvriers pour faire les semailles.
Ainsi, à leur contact, avant qu'ils ne s'en aillent,
Ensemble, ils redevinrent, tous deux, laboureurs
Et frères de surcroît de sang comme de cœur...
Ils se perfectionnèrent donc, en étoffant
De ce qu'ils apprenaient leurs souvenirs d'enfants,
Et ne se faisant plus de leurs conflits l'offense,
Aimèrent s'en remettre au temps de leur enfance,
À ce temps où l'on parle en langage enfançon,
À ce temps où les grands nous donnent la leçon...

Celle du Père était beaucoup plus profitable
Que la vente du bien, et bien plus que rentable.
Le Père avait raison : le champs rapportait plus
Cultivé que vendu, et, ne le vendant plus,
Les deux frères sauvèrent ainsi leur honneur,
Au nom du Père, ils retrouvèrent le bonheur.
Ils jugèrent que rien n'avait plus de valeur
Que l'envie désormais qui devenait la leur
De travailler, non pas pour faire de l'argent,
Mais... pour gagner leur dignité en travaillant,
Pour y trouver la joie, rendre leur cœur vaillant,
Pour en donner l'envie, peut-être à d'autres gens...
Cette idée, plus que tous les argents et les ors,
Cette idée fut, pour eux, le plus grand des trésors.

Rien plus que le travail ne nous rend dignes en sommes
D'êtres humains, que l'on soit une femme ou un homme.

L'assemblée des loups

Un loup noir, presque mort, sur le point de remettre,
Avec l'âme, son trône à ceux qui l'entouraient,
Fit promettre au Conseil qui lui succéderait,
Que jamais plus les loups ne régneraient en maîtres.

Toutes griffes dedans, le loup noir se mourrait.
Mais, avant de rejoindre l'Esprit des forêts,
Il voulut que le cœur et la raison l'engagent,
Et, pour ce faire, il tint à peu près ce langage :
– Mes amis, soyez mille à gouverner comme un !
Formez une famille, et mettez en commun
Vos biens, votre puissance, afin d'en disposer.
– Mais comment, dit un loup, régner sans s'imposer ?
– En gouvernant ensemble, répond le loup noir,
Et en vous partageant la tâche et le pouvoir.
– Mais comment ferons-nous ?, dit un autre, comment ?
Le loup noir leur répond : « Comme moi maintenant.
Partagez le pouvoir ! Que riches et manants
Aient tous les mêmes droits dans ce gouvernement !
Que tous les gouvernés, comme les gouvernants,
Suivent les mêmes lois ! Que tous les corps, en un,
Fassent valoir leurs clans, mais que noirs, gris, blancs, bruns
Soient des loups pour autant ! Ainsi, quand il faudra
Dire qui a raison, chaque clan votera,
Acclamant sa toison, et ceux qui formeront
Une majorité aux voix, l'emporteront
Sur la minorité. C'est donc le bon vouloir
De ceux qui ont voté que l'on fera valoir,
Et non l'autorité d'un pouvoir tyrannique...

Dans les cœurs souffle, alors, comme un vent de panique.
On voit le grand loup noir perdre, là, ses moyens
Et, prenant la parole, certains lui répliquent,
En hurlant haut et fort, qu'ils ne sont pas des chiens !

Pour le loup noir, dès lors, les choses se compliquent.
Les clans sont agités. Quand, parmi les anciens,
Se détache un loup gris dont l'aspect famélique
Inspire le respect, pourtant, c'est le doyen.
Sur la roche, en boitant lentement, il s'élance,
Et, dans le brouhaha, impose son silence.

« Écoutez-moi vous tous !, dit-il d'une voix blanche,
Je vous ai tous vu naître, et je vous connais bien,
Mais aujourd'hui, j'ai beau être parmi les miens,
Je ne reconnais plus cette meute qui flanche.
Je parle rarement, mais lorsque j'interviens,
C'est toujours quand le doute affaiblit notre race,
Et je sens que le doute aujourd'hui nous terrasse :
Ôtons de notre esprit le doute quand il vient !
Nous sommes entre loups et devant notre Maître,
J'estime qu'entre nous, nul ne peut se permettre,
À l'heure où le roi meurt, face à lui, de douter.
Il veut changer la loi ? Il nous faut l'accepter,
Et tenir après lui ce qu'il nous fait promettre !
Contrairement à vous, je l'ai bien écouté,
Ne voyez-vous donc pas qu'il cherche à nous soumettre
À la plus belle loi qui se puisse inventer ?
Et que, s'il use ici de son autorité,
C'est pour rendre à la meute, enfin, sa liberté ? »

Un frisson vient alors parcourir l'assemblée.
La meute, saluant le discours du vieux sage,
Se hisse sur la roche en fermant le passage,
Et, pour qu'avec le maître un pacte soit scellé,
Lève la gueule au ciel et se met à hurler...

Puis, reprenant son souffle, et la parole aussi,
Le loup noir se redresse et proclame ceci :
« Telle est ma volonté : ce sera la dernière.
(Les louves de sortir alors de leur tanière.)
Que la roche où, jadis, je vous ai fait monter
Pour imposer ma loi et pour vous la dicter,
Soit désormais le lieu où la meute viendra
Pour débattre et voter les lois qu'elle voudra.
Que le peuple des loups, se gouvernant ainsi,
Par lui-même, devienne une démocratie. »

La meute, par ces mots, se sent comme enivrée
Et hurle avec le loup qui veut la délivrer,
Quand un loup blanc s'écrie, rompant les hurlements :
– Hurler avec les loups n'est pas un argument.
Comment ferons-nous donc pour bien nous prémunir
Contre un nouveau tyran qui pourrait revenir ?
Comment nous garantir d'un tel évènement ?
Comment nous protéger d'un tel avènement ?
– Eh bien, dit le loup noir qui n'en peut plus, vraiment,
En traitant les pouvoirs chacun séparément.
Séparez les pouvoirs, répète le loup noir
Dans un ultime effort pour se faire comprendre.
Et, posant la question, tous les loups de reprendre :
– Séparer les pouvoirs ? Séparer les pouvoirs ?
– Oui, dit le vieux tyran, il faut les séparer.

Il faut les séparer ! Ou, si vous préférez,
Il faut les cloisonner, il faut les fractionner.
– Il en est donc plusieurs ?, dit la meute étonnée.
– Oui, tousse le loup noir, et je les avais tous,
Jadis, entre mes griffes. – Peux-tu les citer ?,
Lui demande un loup brun, mais la quinte de toux
Du loup noir pousse : il tousse, il ne peut s'arrêter
De tousser et tousser... Il dit : « Réfléchissez !
Quels sont les trois pouvoirs que j'ai seul exercés ?
– Je pense le savoir, dit alors un loup gris,
Pour aider le loup noir dont la quinte a repris :
Je pense le savoir, ou du moins je le crois.
Et je dirai d'abord, il est de bon aloi
De commencer par lui : le pouvoir de juger.
Pouvoir auquel viendront s'ajouter, de surcroît,
En second lieu, celui de promulguer les lois,
De les faire amender ou de les abroger.
Et enfin, le pouvoir d'ordonner, de plein droit,
Que soient exécutées les décisions de tous. »
Le loup noir, approuvant, tousse au sang, tousse, il tousse,
Il tousse et, ravalant sa toux pour la cacher,
En toussant ne peut plus s'empêcher de cracher...

Quand une louve, là, qui cesse d'allaiter
Pour que son louveteau puisse mieux écouter,
Lance alors au loup noir : « Ne peut-on associer
À ces trois pouvoirs-ci, un autre : financier ? »
– Pourquoi pas ?, lui répond le loup noir en toussant,
– Mais ce qui compte, ajoute-t-il en se forçant,
C'est que tous les pouvoirs que vous constituerez
Ne soient pas concentrés entre les mêmes pattes !
Faites comme je dis, et alors vous mettrez
Le pouvoir à l'abri de tous les psychopathes.

Le loup noir n'en peut plus. Il tombe. Il se redresse,
Et tous ses louveteaux viennent à ses côtés.
Sa louve, tendrement du museau le caresse ;
Il va bientôt mourir, mais il veut ajouter :
« Il faut, peuple des loups, que tout le monde hérite,
Au cœur de la forêt, des droits que nous aurons :
Que chacun soit traité ainsi qu'il le mérite,
Que tous les animaux, qui demain le voudront,
Puissent selon nos lois, suivre les mêmes rites,
Que tous fassent demain ainsi que nous ferons.
Je me souviens d'avoir, par trop souvent, usé,
Seul ayant le pouvoir, du droit d'en abuser.
Mourant, j'en ai remords, et veux dire à l'agneau :
La raison du plus fort n'est pas ce qu'il nous faut.
Jurez ! Je vais mourir, Jurez-moi ! Jurez, vite,
Que le loup et l'agneau ensemble voteront !

La meute clôt le cercle où le loup noir s'abrite,
Et répond en hurlant en rond : « Nous le jurons ! »

Le loup noir laisse alors son esprit s'en aller.
Il se couche, il n'a plus la force de parler.
Puis vient son dernier souffle, et la forêt s'ébroue,
Quand hurlent à la mort, en assemblée, les loups.

Coda

Mais, à deux pas de loups, la plainte s'achevant,
La meute fut troublée au milieu des laments,
Par un petit agneau qui allait s'abreuvant,
(Dans le courant d'une onde pure, évidemment,)
Là, où dix de ces loups venaient chercher l'ombrage.

« *Qui te rend si hardi de troubler mon breuvage ?*,
Lui hurle l'un des dix, au comble de la rage.
Puis viendra le couplet sur la *témérité*...
– *Sire*, répond l'agnelet, *q*ue *Votre Majesté*
Ne se mette pas en colère ;
Mais plutôt qu'Elle considère
Que je me vas désaltérant
Dans le courant,
Plus de vingt pas au-dessous d'Elle,
Et que, par conséquent, en aucune façon,
Je ne puis troubler sa boisson.
– *Tu la troubles, reprit cette bête cruelle,*
Et je sais que de moi tu médis l'an passé.
– *Comment l'aurais-je fait si je n'étais pas né ?,*
Reprit l'agneau, je tête encore ma mère.
– *Si ce n'est toi, c'est donc ton frère.*
– *Je n'en ai point.*
– *C'est donc quelqu'un des tiens,*
Car vous ne m'épargnez guère,
Vous, vos bergers et vos chiens. »
La meute, alors, s'en mêle,
Et dit au loup furieux : « Notre loi est formelle :
À présent, l'audacieux a droit de contester,
Et nous ne pouvons pas le manger sans voter... »

Chacun se met au pas,
L'agneau, avec les loups, lui aussi, votera.
Un bèèè contre dix houuu, le couperet tomba.
On jugea que l'agneau n'avait à être là,
Et le vote étant clos, la meute le mangea.

Par ces dix voix contre une,
Au fond dans la forêt,
Le clan fit, sous la lune,
Ce qu'un loup seul ferait...

Face aux loups, que peut faire un agneau solitaire ?
Comme l'homme opprimé, chaque minorité
N'a qu'un droit sur la terre : celui de se taire,
Ou de faire partie de la majorité.

Cette majorité pérenne n'est, en somme,
Qu'un moyen pour les gens de se manger entre eux.

La raison du plus fort, ou bien du plus nombreux,
Fera toujours, hélas, de l'homme un loup pour l'homme.

Épigramme
en introduction à la fable
Le poète et le gypaète

Eschyle écrit : « La crainte est parfois salutaire. »
Mais c'est par crainte que la vie lui fut ravie.
Gageons que fourche langue, au-delà de la vie,
Dirait qu'il perdit là l'occasion de se taire.

La peur en aucun cas n'empêche le danger
Et même si prudence est bonne conseillère,
La crainte est celle-là qui pose des œillères
Et qui nous fait trouver le loup pour nous manger.

On peut sans avoir peur garder les pieds sur terre
Et, sans craindre la mort, ne pas perdre la vie.
Mais quand le destin frappe, c'est sans préavis.

La crainte ne peut rien devant si grand mystère,
La crainte, écrit Eschyle, est parfois salutaire,
Mais la mort peut ne pas être du même avis.

Le poète et le gypaète
(sonnet marotique)

S'en revenant de guerre ou bien de garnison,
À Gela, un beau jour, dans l'ancienne Sicile,
Un oracle, dit-on, annonçait à Eschyle
La chute de ce qui serait une « maison »…

Eschyle pense alors que c'est avec raison
Qu'il doit pour l'éviter s'éloigner de la ville.
Et pour ce faire alors, il élit domicile
Hors les murs, sous le ciel, sur un coin de gazon.

Lorsqu'au-dessus de lui planant, un gypaète
Prenant pour un rocher le front nu du poète,
Y laisse choir un os dont il veut se nourrir.

Cet os, qui fend le crâne d'Eschyle et le tue,
Fut la coque, soit la « maison » d'une tortue…

Rien ne sert de s'enfuir à l'heure de mourir.

Épigramme
en introduction à la fable
L'aigle et la tortue

Eschyle nous le dit, et je veux l'illustrer :
« Lorsqu'on est sage on gagne à ne pas le paraître. »
Mais lorsque l'on est fou, on gagne à se montrer
Tel que l'on est plutôt que tel qu'on voudrait être.

L'aigle et la tortue

Une tortue, dit-on, qui se sentait des ailes
Et qui, nous conte Ésope, prétendait voler,
Se laisse emporter par les serres effilées
D'un gypaète qui planait au-dessus d'elle.

Mais l'aigle charognard qui ne peut avaler
La chair fraîche, et ne sait que se nourrir de celle
Que cèlent les carcasses que l'on désosselle,
Veut poser la tortue à peine décollé.

La tortue lui répond et le laisse pantois :
– Non ! Ne me pose pas ! Je vole comme toi !
– Sans ailes, dit l'oiseau, nul ne peut : c'est la règle.
– Non !, s'écrie la tortue en s'accrochant à l'aigle.
Il n'en est pas ainsi pour ce qui est de moi,
Et la règle, pour l'être, ne va pas de soi.

Les limites sont faites pour qu'on les enfreigne,
Et la loi n'est pas chose ici-bas que je craigne.

– Maïs, dit l'aigle, pourtant, je dois te laisser là,
Je ne peux te garder en vol comme cela,
Il me faut libérer mes serres, les ouvrir
Pour pouvoir m'en servir, pour pouvoir me nourrir.

– Eh bien lâche-moi donc, ce n'est pas un problème
Pour moi, dit la tortue, de planer, d'atterrir.
Tu n'auras même pas, dis-je, à me secourir.
Pourquoi en ferais-tu plus que moi un dilemme ?

– C'est parce qu'en tombant du ciel, tu vas mourir
Et que je ne veux pas, dit l'aigle, être de ceux
Qui plantent dans le dos la lame du poignard,
Je n'ai pas à m'en prendre à ton système osseux,
Je suis un gypaète, un aigle charognard,
Je n'arrache les os d'une bête, et les casse,
Que s'ils sont d'une morte, et vide sa carcasse.
Quelles raisons aurais-je alors de te lâcher ?
Je ne brise pas d'os vivants sur les rochers.

– Mais de quoi parles-tu ?, lui répond la Tortue.
– J'ai peur qu'en te lâchant, dit l'Aigle, tu te tues !
– Mais, hurle la tortue qui s'indigne et se fâche,
Ce n'est pas toi, c'est moi qui veux que tu me lâches.
– C'est moi qui te retiens, dit l'aigle embarrassé.
– Non, c'est moi, lui répond la tortue agacée.
– Dans ce cas, lâche-moi, lance le gypaète
À la tortue qui geint, se débat, et rouspète.

– C'est fait, lui répond-elle, mais je te maintiens
Que je ne peux voler dès lors que tu me tiens.
Je ne vais pas chuter, te dis-je, lâche-moi !
Ici, je n'ai besoin ni d'ailes ni de toi.
Je peux voler, planer, rester là-haut sans elles,
Lâche-moi, tu verras, je n'ai pas besoin d'ailes.
– Non !, dit l'aigle. À présent, laisse-moi te poser.
– Non !, répond la tortue, toute colèrisée.
Je te dis que mes os ne vont pas se briser.
– Voyons, dit le busard, tu sais bien que c'est faux !
Mais la tortue s'irrite, lui dit qu'il le faut,
Hurle qu'elle a besoin, pour le prendre en défaut,
De pouvoir se trouver libre enfin dans l'espace,
Et non, pour bien voler, des ailes d'un rapace,
Qu'elle est là dans ses serres comme en porte-à-faux,
Et qu'elle peut sans lui rester là tout là-haut…

Ému par tant de rage et tant de tant de conviction,
L'aigle incrédule accepte alors chose cocasse,
De ne plus s'opposer à la folle injonction,
Et lâche la tortue qui, tombant, se fracasse.

Qu'on le veuille ou non, nul n'échappe à cette règle :
À vouloir être un autre, on tombe de son aigle.

Le singe et le miroir

Un homme, un jour, voulut savoir
Si les singes peuvent se voir
Dans le miroir, se voir eux-mêmes,
Non comme un autre phénomène.

Et pour répondre à sa question,
L'homme met en observation
Des singes, leur dessine un rond
De couleur au milieu du front,
Puis, après cela, il les place
Face au miroir, devant la glace.

Chaque singe, alors, voit la marque,
Et dès que son œil la remarque,
Il frotte à l'endroit où elle est,
Sur lui, et non dans son reflet.
C'est son corps à lui qu'il inspecte,
Et c'est lui qu'il veut qu'on respecte
En voulant effacer l'effet
De ce qu'il voit qu'on lui a fait.

À ce jour, l'orque, le dauphin,
La pie et le corbeau enfin,
Le porc encore, ou l'éléphant,
Passent le test en triomphant.

Dès qu'ils voient la trace sur eux,
Qu'ils l'identifient de leurs yeux,
Chacun voudra laver l'affront
De cette tache sur le front.

Ce que font ces animaux-ci
Un enfant peut le faire aussi.

Envoi

Petit d'homme, si tu peux voir
En toi comme dans un miroir,
Qu'on t'abîme ou qu'on te maltraite :
Frotte la tâche qu'on t'a faite,
Efface la trace du mal.
Ce que peut faire un animal,
Tu peux le faire avec ta tête.
Tu peux refuser de céder :
C'est à toi seul de décider.

Parmi tous ceux qui te côtoient,
Personne n'est maître de toi.

L'enfant et le secret

Deux enfants discutaient, l'un triste, l'autre gai,
De ce qui les mettait dans l'état de leurs songes.
L'un d'eux semblait rongé et, sur ce qui le ronge,
L'autre l'interrogeait, tant cela l'intriguait.

– C'est un secret : c'est lui qui me ronge et me plonge
Dans ce mal que je traîne partout où je vais,
Répond e tristounet. Si, au moins, je pouvais
Le dire, mon secret, et ne plus le garder...

– Mais pourquoi le garder ?, dit l'enfant indiscret,
– Garder ce qui fait mal, quelle drôle d'idée !
Tu trouves ça sympa, un secret qui fait mal ?
Un secret qui fait mal, c'est un mal qu'on se crée.
Tu trouves ça marrant, tu trouves ça normal ?
Moi, je trouve ça nul ! demande à tes parents,
Regarde un peu comment réagissent les grands :
C'est lorsqu'on se fait mal qu'ils ne sont pas contents,
Ou lorsqu'on nous fait mal ! Ils disent tout le temps
Que tout ce qui, pour nous, n'est pas bon n'est pas beau.
Regarde comme ils sont lorsqu'on se fait bobo :
À s'affoler pour tout, à s'inquiéter pour rien.
Crois-moi, demande-leur, et ils te répondront
Qu'un secret qui fait peur ou mal, ce n'est pas bien.

Demande à qui tu veux, tous les gens te diront
Qu'un secret douloureux ne nous est pas permis,
Du moins, à nous, enfants. Et ils ajouteront
Qu'un secret, ce n'est pas fait pour ça, mon ami,
C'est fait pour rendre heureux les gens qui le tiendront...

– Oui, mais moi, dit l'enfant que son secret triture,
C'est un grand qui m'oblige à garder ce secret.
Ce grand-là me fait des choses qui me torturent,
Et ce grand-là m'effraie. Il dit qu'il me ferait
Encore plus de mal si je parlais, voilà
Pourquoi je garde ici mon secret, coincé là,
Dans ma gorge et mon cœur, pourquoi je vis ainsi,
Dans la peur de le dire et de faire un faux pas.
Tu comprends ? – Non, dit l'autre, je ne comprends pas.
– Tant pis, dit l'enfant triste, un jour, tu comprendras,
Le jour où tu auras un secret, tu verras.
– Mais j'en ai un, tu sais, répond l'enfant joyeux,
J'ai aussi un secret, et il est merveilleux !
Et si je l'ai gardé tout au fond de mon cœur,
C'est parce qu'il m'apporte, et à tous, du bonheur.
C'est à ça que ça sert un secret, petit frère.
C'est fait pour rendre heureux, et pas pour le contraire.
Si d'autres grands savaient qu'un des leurs te fait peur,
Et que ce grand t'oblige à taire une douleur,
Les grands, je te le dis, c'est sûr le puniraient.
Un secret qui fait mal est un mauvais secret.
Le bon, c'est le secret qui t'accroche un sourire.

Quand un secret est bon, on peut s'y consacrer,
Quand un secret fait mal, il faut vite le dire.

Introduction à *L'âme du cormoran*

Bien que nombre ne voient pas la vie comme telle
Et pensent que la mort finit par l'achever,
Je dis que si la mort, certes, vient l'enlever,
La vie quittant le corps n'est pas chose mortelle…

L'âme du cormoran

L'ange, comme l'oiseau, vole et, sans le savoir,
L'âme d'un oiseau mort dans le ciel bat de l'aile.
Elle plane, s'élève et continue à voir
Ce que sa vie qui part recèle et garde en elle…

L'âme d'un oiseau mort demeure une âme oiselle.
Rien ne change pour elle à la fin de son corps.
Légère entre deux airs, elle voit le décor
D'aussi haut que le vent qui la porte la hèle.

Elle voit tout le val que son vol lui enlève.
Elle voit ce que perd une âme s'élevant,
Car elle n'ira plus se poser comme avant
Sur cette terre ou d'autres prendront la relève,
Cette terre d'en bas où la portait le vent
Jusqu'à ce que l'envol à nouveau la soulève…

Dans l'espace infini à jamais se lovant,
L'âme d'un oiseau mort vole et vole sans trêve,
Mais là où elle vole, au monde s'enlevant,
L'être ailé qu'elle est ne revient pas sur la grève…

Sur la terre d'hier d'où elle se retranche,
L'âme vole mais ne revient plus sur la branche.

Je me souviens du jour où, près de Vancouver,
Je vis entre deux vagues flotter ventre ouvert,
Dans une flaque d'huile et de marc odorant,
Les restes morts de ce qui fut un cormoran.
Son ramage de bronze injecté de carbure,
Sa robe devenue comme robe de bure,
Celle d'un pèlerin gisant dans le désert,
J'ai vu le corps sans vie de ce corbeau des mers
Déployer sa carcasse au milieu des ordures
Et stagner dans sa chair comme un fruit dépecé.
Je l'ai vu sans pouvoir s'effacer, s'enfoncer,
Croupir et devenir sa propre pourriture,
S'offrir aux charognards des mers en nourriture,
À l'endroit où la mer n'est plus que du passé.

Je l'ai vu détrempé, gorgé d'huile et de sel,
Comme seuls peuvent l'être les pêcheurs du ciel
Que sont les cormorans, et dont c'est l'apanage
De n'attendre point-là que le poisson surnage
Pour le happer au vol et l'arracher des flots,
Puisqu'ils vont l'attraper au plus profond de l'eau.
Le cormoran qui garde humide son plumage
Se charge ainsi d'un poids qui l'entraîne à couler,
Qui l'entraîne lui-même à se laisser aller
Plus lourd au fond des mers, plus loin et sans dommage,
C'est pourquoi il est si redoutable à la pêche,
Et pourquoi on le voit entre deux envolées
Attendre sur la roche que ses plumes sèchent,
Et que le temps d'attendre se soit écoulé...

Le voici à présent qui ne peut même pas
Sombrer dans cette eau morte où flotte son trépas...

Quand meurt un cormoran, du moins je le suppose,
Son âme ne va plus sécher sur les rochers
Ni plonger dans la mer, elle reste juchée
Dans le ciel à l'endroit d'où plus rien ne se pose.
Sa dépouille imprégnée macère puis se fond
Avec l'onde océane où il va si profond.
Et quand le cormoran meurt à même la terre,
Il devient le terreau agrégeant sa matière
Et se conforme à lui de la même manière
En faisant un compost de sa chair et ses os...

Au moment où la mort à son corps se mélange
Pour mettre un terme alors à cette vie d'oiseau,
L'âme du cormoran s'envole avec les anges
Et ne laisse ici-bas que sa peau sur les eaux,
Que sa chair sur la pierre au milieu des roseaux.

Mais son âme sait qu'elle n'ira plus sécher
Sur la roche, ou plonger dans les vagues profondes.
Elle sait qu'elle ne sera plus de ce monde
À l'instant où son cœur lui dira « Va pêcher ! »

Elle sait que ce grès de fibre imbibé d'onde,
Aux plumes d'écorché traînant un bec crochu
Ne vole désormais que dans cet autre monde
D'où ne tombent du Ciel que les anges déchus.

Et je pense que cette âme a bien de la chance
D'échapper à ce corps mourant sur les rochers,
De n'être plus contrainte qu'à sa délivrance
À l'instant où ses ailes l'auront relâchée.

Je me dis que si ce qui animait ce corps
A disparu de lui, cette âme est bien réelle.
Que si elle n'est plus sur cette terre encore,
C'est qu'elle est dans le ciel et vole à tire d'ailes...

Je me dis qu'elle est libre enfin entre deux pêches
De ne plus revenir attendre sur le sol,
Attendre pour pouvoir reprendre son envol
Que sèche sur ses plumes le poids qui l'empêche...

Quand l'être aimé n'est plus que l'enveloppe inerte
Dont la paupière est close et le cœur ne bat plus,
Je me dis qu'il est là où il est beaucoup plus
Que ce qu'il fut avant que l'on pleure sa perte.

Je me dis qu'il est là où l'amour l'a haussé,
Dans le ciel de ce manque où volent les pensées.

Et quand la mort venant à son heure dispose
De cet être que j'aime et que la vie me prend,
Je me dis seul sans lui, partout où je me pose
Qu'il n'est pas dans le corps mort de ce cormoran.

En mémoire d'Andréas,
À ses parents, Aurélie et Benoît.

Le vizir, le Shah et la Mort

> Le plus semblable aux morts
> meurt le plus à regret.
> Jean de La Fontaine

Dans le riad ouzbek où le Shah-e-Zindeh
Venait un soir de plus honorer sa maîtresse,
On vit passer une ombre inconnue au palais,
Allant et traversant muraille à son adresse...
Était-ce une âme en peine, un fantôme, un électre,[11]
Un mirage, un reflet par l'œil du jour hanté ?
Le Vizir, alerté, vint au-devant du spectre
Afin qu'il déclinât sa non-identité.
– Je suis la Mort, dit l'ombre avant de s'effacer.
– La Mort ? Pourquoi ? Pour qui ?, avisa le vizir ;
Qui y a-t-il en ces lieux qui pût la déplacer :
L'oued est pur, l'aire en paix, l'heure aux simples plaisirs,
Je n'y vois rien qui soit matière à trépasser,
Rien de tout ce qui bronze un cœur ou qui le brise,[12]
À boire et à manger pour mille et un chacun,
Rien qui puisse à la Mort offrir la moindre prise,
Pourquoi donc viendrait-elle ici chercher quelqu'un ?
Lorsque frappe la Mort, c'est toujours par surprise
Et toujours à l'insu, toujours sans prévenir.
Elle a mille apparences, n'a de qui tenir,
Pourquoi donc afficher ainsi sa face immonde
Au lieu de révéler ce qu'elle est par défaut ?
Pourquoi ne pas cacher ses traits aux yeux du monde
Sous une houppelande, et marcher sans sa faux ?

11. Électre pour feu-follet.
12. « En vivant et en voyant les hommes, il faut que le cœur se brise
ou se bronze. » Nicolas de Chamfort

Nous ne sommes que trois quand la garde est passée
À vivre en cet endroit, à nous y prélasser :
À qui de nous la Mort peut donc s'intéresser,
Au point de rendre ainsi son passage apparent ?
À qui, sinon celui qui serait le plus grand ?
Le vizir en conclut que le Shah serait l'âme
Au col de qui la Mort irait porter sa lame.
Il s'en ouvrit au Maître et le débat fut clos.
Le Shah quitta la place à cheval, au galop,
Et, dans l'œil de sa belle au loin qui le regarde,
Il part vers Samarkand entouré de sa garde.
À Samarkand, au rythme où file le cortège,
Il sera demain soir, et qu'Allah le protège !
Rassuré par la fuite du Shah, le vizir
En appelle à la Mort, et s'offre à son désir.
La princesse, elle aussi ayant quitté le fort,
Il regagne sa chambre, et tombe sur la Mort...
La voyant, il lui dit : – Alors, c'était donc ça !
C'est moi que tu venais chercher et pas le Shah...
– De quel chat parles-tu ?, dit la Mort qui s'étonne
En voyant le vizir livide et haletant
Un voile dans les yeux, d'une voix presque atone,
À genoux, la prier comme le pénitent.
– Un chat !, reprend la Mort qui hausse alors le ton,
Crois-tu que j'ai à faire ici de tes chatons ?
Lorsque je viens ici, je viens en dilettant,[13]
Lorsque je viens ici, je n'y suis pour personne.
Je viens me reposer entre deux marathons,
Attendre que la main du destin ne me sonne...
Ce n'est donc pas pour toi non plus que me voilà,
Car si c'était pour toi, tu ne serais plus là.
Le vizir de bénir alors le nom d'Allah.

---

13. Sans e, personne qui donne libre cours à sa fantaisie.

– Je ne suis que la Mort et j'ignore le reste,
J'ignore qui je vais charger dans ma charrette,
C'est Allah qui dit où, c'est Allah qui dit quand,
C'est Allah qui d'aller à présent me demande.
– D'aller ? Mais d'aller où ?, s'inquiète le vizir.
– Eh bien là où Dieu dit que j'ai âme à saisir,
Lui répondit la Mort, là où Dieu le commande.
J'ai rendez-vous demain matin, je dois partir :
Une âme qui me fuit m'attend à Samarkand.
Et la Mort disparut accomplir le destin
Du Shah qui la suivit le lendemain matin...

Envoi

Passants, vous qui demain verrez à Samarkand
L'antique nécropole où repose le Shah,
Songez devant le lit où la Mort le coucha
Qu'en vain l'homme voudra la remettre aux calendes.
Songez en admirant le précieux monument
Que ne vit point le Shah mais qui fit sa légende,
Songez que l'heure vient même à qui l'appréhende,
Et que nul n'est convié à son enterrement.

Moralité

Point ne sert de courir lorsque sonne notre heure :
À l'instant de mourir, ceux qui le doivent meurent.
Nul ne sait quand la Mort croisera son chemin :
Vivons comme si nous allions mourir demain !

Table des matières

www.ingramcontent.com/pod-product-compliance
Lightning Source LLC
Chambersburg PA
CBHW051708180726
48283CB00004B/1263